側室の恋

武田祐哉
Takeda Yuya

文芸社

目次

側室の恋

信州飯田藩

山科甚左衛門《やましなじんざえもん》は美濃国青野藩の下級武士だった。

貞享元年（一六八四）藩主稲葉正休《まさやす》が私怨《しえん》から江戸城中で大老堀田正俊に切りかかって殺害し、駆けつけた老中大久保忠朝《ただとも》にその場で成敗されて青野藩は改易《かいえき》になった。この藩主の家臣、領民のことを考えない短慮による突発的な刃傷《にんじょう》事件によって、藩士たちは領地を追われて路頭に迷うことになった。

浪人となった甚左衛門は、妻と六歳の息子の伊太郎を連れて江戸に出た。知人を頼って仕官先を探したが、当時、江戸には浪人が溢《あふ》れ、たやすく仕官など出来るはずがなかった。

活気に満ちた江戸の街と、裕福な商人たちの生活を見て世の移り変わりを知り、一人の藩主の所業によって簡単に藩をとり潰され、一族郎党が生活を脅かされる武家社会に嫌気がさしていた。

家族を養うために仕方なく荷揚げ人足や傘張りなどをしながら細々と暮らしていたが、将来の目処《めど》がたたないまま江戸にとどまることの虚しさを覚え、武士を捨てて百姓になろうと考え、行き先を探していた。


天竜川以西の伊那谷地方は飯田藩の所領で、天竜峡の近くに小城があり、脇坂氏が居城としていた。脇坂安元《やすもと》は、伊那の山林から伐り出す木材に頼って、藩の財政を賄《まかな》っていたので乱伐による自然破壊がすすみ、度重なる洪水に見舞われ田畑が荒廃し、領民は困窮して餓死者が出るほどになり、藩は財政難に陥っていた。

幕閣は、藩の財政悪化を見かねて寛文十二年（一六七二）に脇坂氏を播磨国龍野《たつの》藩に転封させ、替わって下野国烏山《からすやま》藩より堀親昌《ちかまさ》が入部した。

代わった初代藩主堀親昌は、豊かな学識と優れた着想を備えた人物で、この飯田藩の財政難を救うために、脇坂安元の山林伐採に頼った藩政を見直して植林を奨励し、荒廃した田畑を復旧させ新田開発に力を入れ、養蚕《ようさん》を推進させた。

また、藩内に、三州、遠州、秋葉の三街道が通る地の利を活かして商業を発展させ、人足収入を得るように隣藩の生糸や和紙などの産物の運搬を請け負う中馬《ちゅうま》の業を振興させた。

さらに、領民や下級武士が冬季の副収入になるように水引《みずひき》の生産を奨励し、飯田水引としてその名が広まり、各地から引き合いがくるようになった。このような領民の困窮を救う新たな政策が功を奏し、藩の財政もようやく立ち直りつつあった。

ちょうどその頃、甚左衛門は飯田藩でこの振興策のために労働力を募《つの》っているとの話を耳にした。信濃国飯田は甚左衛門の郷里美濃の隣国であり、気候的に美濃に似ているだろうから飯田に行って百姓になろうと決意し、一家でこの地にやってきた。

飯田藩では移住者たちを山地に建てた労務者用の小屋に住まわせ、開拓のための給金を支給した。しかし、甚左衛門たちに新田開発を割り当てられた土地は、山の斜面で石がごろごろした荒れ地だった。村役の指導で移住した者たち十名だけで、この傾斜地に棚田《たなだ》をつくることになった。

甚左衛門は夫婦で現場に出て、斜面を切り崩し、掘り出した石を積んで土止めをして階段状の棚田をつくった。水路を掘って山から棚田に水を引き、落ち葉をかき集めて堆肥《たいひ》をつくり、養分の少ない粘土地に堆肥や下肥《しもごえ》を入れて土地改良を行って、五年もかかって一応の収穫を得るようになった。

一定の収穫を得るまで年貢を免除されていたが、収穫が見込まれるようになって、給金は打ち切られ年貢を納めることになった。

その後、親昌が老齢になって隠居し、二代藩主堀親貞《ちかさだ》が藩政を受け継いだが、若くして高田城の在番中に急死し、親戚筋の旗本から迎えた十二歳の親常《ちかつね》が三代藩主になった。

しかし、若い親常は江戸にあって藩政を行わず、重臣まかせのため藩に内紛が起こり、親昌の藩政を推し進めてきた重臣たち六名が藩を去り、中には内紛のため自害した者も出て、藩は危うく改易されそうになった。藩の筆頭家老が幕府の重臣たちに取り入って、なんとかこの難を逃れた。

その後、将軍綱吉の幕政改革を手本にした藩政改革を断行したが、藩の内紛に拍車をかける結果となって、親常は藩主の座を下りた。

この相次ぐ藩主の代替りで藩の政策が変わり、年貢が大幅に引き上げられて、自分で作った米の飯さえ満足に食えなくなった。棚田の近くの畑に大根などの根菜や雑穀を作って自給しており、伊太郎も懸命に農作業を手伝っていた。翌年は日照りが続き、棚田には充分な水の供給ができずに収穫が少なかったのだが、年貢は容赦なく取り立てられた。

家族を養わねばならぬのに食にも困り、山に仕掛けて置いた罠にかかった獣を捕らえて食し、木の実や山菜を食べて飢えを凌《しの》ぐような苦しい生活であった。寒暖の差の大きい山間《やまあい》にある棚田は、天候に左右されることが難点であった。天候がよくなって棚田の収穫が次第に増えたものの、五公五民の制度で半分は年貢として納めねばならなかった。

甚左衛門は四十の坂を越え、伊太郎は十五歳になっていた。伊太郎が父の後を継いでこの棚田をまもると言ってくれたので、名を百姓らしい伊助に変えた。

徳川の世になってから、幕藩体制に沿わない大名を謀略を仕掛けて潰し、思惑やちょっとした過失を理由に藩を廃絶させて、多くの浪人を巷《ちまた》にあふれさせ、多数の有能な人材を路頭に迷わせたため、生活苦から悪の道に踏み入る者が出て治安が乱れていた。

甚左衛門は、浪人してからの苦しい体験と、武士を捨て百姓になって知った農民の苦境を通してこの時世を憂慮し、一部の武家だけが潤い民を困窮に陥れる幕府の施策は誤りだ、民あってこそ国が支えられている、民を大事にしない国はいずれ滅びる、一揆が起こるのは当然だ、と武家社会への不満を村の庄屋や移住仲間に訴えていた。

甚左衛門は、農民が団結しなければならないと呼びかけ、年貢の減免と徳政を藩に直訴《じきそ》しようとした。だが、庄屋に押しとどめられ、移住者仲間が協力し合って山地に新たな水路を切り開き、棚田を広げて収入を増やすことになり、血の滲《にじ》むような努力の甲斐があって、棚田からの収穫も次第に増えたが、年貢も増やされ生活は苦しかった。

甚左衛門はこれからの農民は賢くならねばならないと、伊助にこれからの社会のあり方を何度も話して、百姓にも学問が大事だと幼少から読み書きを教え、苦しい浪人のときにも売却せずに大事に携えてきた書物で学ばせていた。

伊助に嫁をもらうにはこの小屋では狭いので、いずれ自分の家をもとうと思って乏しい中からもわずかずつ蓄財していた。

一家で努力したかいがあって、ようやく小さな家を建てて小屋から引っ越した。家は村はずれの一軒家で天竜川の支流を下った恵那山麓東側の中関（現阿智村の一部）にあり、南側には藩のお狩場があった。

伊助が十九歳の春、新田開発をと移住してきた弥悟郎の娘きぬを嫁にもらい、翌年、多恵が生まれた。甚左衛門は〈子は宝なり〉と初孫を可愛がり、六歳の頃から読み書き算盤《そろばん》などを教え、棚田にも連れていって農作業を学ばせていた。

多恵が十歳になった冬、甚左衛門は若い頃からの過労がたたり、五十六歳でこの世を去った。伊助は学問の大切さを教えてくれた父の遺志を受け継ぎ、多恵を学ばせて利発な娘に育てあげた。

甚左衛門が亡くなった後も社会の情勢は一向に改善されず、民を顧みない武家社会が続いて、領内に不穏な空気が漂いはじめていた。おまけに飯田藩の堀氏の二代目以後の藩主は早世したり、目にあまる乱行や内紛などの失政で藩政が乱れ、農民泣かせの強引な年貢の取立てで多くの民が落胆しており、伊助も娘多恵も民をないがしろにした藩政に不満を抱いていた。


木曾の連山が朝日に染まっていた。伊助と女房きぬが刈りとった稲束《いなたば》を多恵が巧みに受け取って、稲むらに積み上げていた。

「おとっつぁん、寺子屋に行く時間だから出かけるね」

「ああ、行っといで。刈り取りは大方済んだでな、もう、わしらだけで大丈夫だ」

伊助は、伸ばした腰をさすりながら愛娘《まなむすめ》の後ろ姿を顔をほころばせて見送った。

ひとり娘の多恵は清楚な整った顔立ちで、十五歳だが少しませて見え、すっかり女らしくなり、村では評判の美人であった。

村の庄屋忠兵衛は、五年ほど前から美濃国の浪人逢坂《おうさか》吉右衛門を師匠に招いて、離れの広間を使って村の子どもたちに読み書きと手習いの寺子屋を開いていた。吉右衛門の教え方がいいとの評判で、町の方からも通ってくるようになり、子どもの数が増えたので、学習の程度によって上級と初級に分けられていた。

多恵は、この寺子屋で学んだときの才能が認められて吉右衛門の助手として雇われ、初級の子どもたちに読み書きを教えていた。寺子屋には、多恵の家から川沿いの山道を飯田の町の方に一里半ほど歩いて行かなければならなかった。

夕日が山の端《は》を染めはじめるころ、寺子屋から多恵が帰ってきた。

「おとっつぁん、おっかさん、ただいま」

「ああ、ご苦労さん。子どもたちは多恵の言うことを聞いてたか」

「わたしの話をよく聞いて、静かに勉強してたよ。みんないい子よ」

「あーあ、今日はこのくれえにして、刈り取りば止めんべ。なあ、おきぬ」

伊助は、稲むらの側で多恵を見ているおきぬに声をかけた。

「遠くから見ると、お山を背景にした棚田の稲穂と稲むらが夕日に映《は》えてとっても綺麗だわ」

多恵は、棚田の景観と両親の働く姿がよく調和していると眺めていた。

「今年は豊作だでな。この見事な棚田も血の滲むような苦労の賜物なんだ」

伊助は多恵に、開発当初の祖父たちの大変な苦労が実って、この美観を呈する棚田が出来上がったのだと何度も聞かせ、何ごとにも辛抱が大事だと教えていた。

伊那盆地のこの小さな村では、農耕地が少なく山腹を利用して様々な形に区切られた棚田が方々につくられていた。

だが、採れる米だけでは年貢を賄いきれず、その不足分は、藩の指導で伊那の藩有林から伐り出した檜《ひのき》や杉を屋根板材の榑木《くれき》に加工して代納することを強《し》いられていた。

池畔の出会い

元禄十年（一六九七）、藩は親昌の弟親智《ちかとも》の孫で十四歳の親賢《ちかかた》を養子に迎えて四代藩主としたが、親賢はわがままな性格で江戸の屋敷住まいが多く、内紛を治める力量も意欲もなかった。

長じて、女遊びを覚えて遊里通いにうつつをぬかすようになり、江戸家老の諫言《かんげん》にも耳をかさなかった。これを嘆いた家老の働きで、弘前藩津軽信政の娘を正室に迎えたが、生来の色好みは治らなかった。

参勤交代の江戸下がりの一月ほど前に、殿は新入りの若い奥女中お豊と情を交わし、かなり気に入ったらしく国帰りの際に、お豊を国につれて帰りたいと言い出した。

入り鉄砲に出女といわれる厳しい規制の中で、殿の強い要求に江戸家老は逆らえず幕閣に金品を送って、急遽、新入りの側室として許可を得て、お豊を飯田に連れて来ていた。

ある日、親賢が、お豊に髪を直させていたとき、江戸勤番を終えて帰参の挨拶にきた用人佐川牛之介が、お豊と顔を見合わせて笑みを交わしている姿が鏡に映った。疑り深く粘質性の親賢は、二人が江戸在中に心を通わせていたと邪推し、淫らな疑念が渦を巻きはじめた。

しばらくして、親賢は引き下がった牛之介を、再び、呼び寄せて庭先に座らせ、廊下に立ったままで、鋭く詰問した。

「そちは、お豊と知り合いか」

「いいえ、下屋敷で二、三度お目にかかっただけでございます」

牛之介は、殿が猜疑心《さいぎしん》の強い性格なのを知っていたので肝をつぶした。

「それにしては、今日の目の合わせ方が尋常ではないぞ。本当のことを言え！」

親賢は、牛之介が色じろで美形なのに妬《ねた》み心が湧き、感情が高ぶって悋気《りんき》の炎がちらつきはじめた。

「これ！　お豊を呼べ！」声高《こわだか》に、近侍《きんじ》に申しつけた。

間もなく、部屋に下がったばかりのお豊が何事かと急ぎやってきた。

お豊は、殿が立ったままで、庭先の砂利に平伏している牛之介を見下ろし怒っている姿を見て、狼狽《ろうばい》し背筋が寒くなった。

「お豊、お前はこの牛之介を存じておるの」

「はい、江戸のお屋敷で、二、三度お顔を拝見したことがありますが、お名前は存じあげません」

「しかし、今日の二人の態度には、深い交わりがあると見たぞ」

「とんでもございません。そのようなお疑いを掛けられる覚えは、まったくございません。わたくしを信じて頂きとうございます。お願いいたします」

お豊は、その場に伏して震えながら懸命に言った。

親賢は、この二人を交互に見ているうちに、心にくすぶりだした疑心暗鬼の火が二人の淫らな情事の妄想に煽《あお》られて燃え上がり、次第に疑心は確信に替わっていった。

「牛之介！　そちの体に聞いてみる。そのまま控えておれ！」

もはや親賢は、高ぶった己の気持ちを抑えきれなくなっていた。

牛之介は、廊下を踏みならしながら刀を手にして戻ってきた殿を見て、真っ青になった。

殿は、庭にひれ伏している牛之介に、抜刀した刃先をつきつけて、

「言え！　本当のことを言え！」

大きな怒声《どせい》を浴びせた。殿の怒鳴り声を聞いて、近侍たちが何事かと庭の片隅に集まり、木陰に身を潜《ひそ》めていた。

「なぜ、黙っておる！　返答なくば、そちを、手打ちにいたすぞ！」

牛之介は何と弁明しようと殿の怒りを鎮めることは出来ないと悟り、平伏したまま恐怖に震えていた。

「答えよ！　しぶとい奴め！」

声を荒らげて振り上げた刀におびえて、後ずさりした牛之介の肩先に、嫉妬《しっと》の刀《やいば》が振り下ろされた。牛之介は肩を押さえて、池の方に逃げた。

「追え！　追え！　不義密通したあの不忠者を斬り捨てよ！」

殿の叫びを聞いた近侍の数人が追った。池に飛び込んだ牛之介を侍の一人が池に入り、君命だぁ！　と叫んで背中を突き刺した。断末魔の叫びがあがり、池は見るみるうちに真っ赤に染まっていった。

知らせを聞いた家老の堀宇右衛門が、青ざめた顔をして駆けつけた。侍たちに、牛之介の遺体を直ちに処分するように申しつけ、

「このことは、絶対に他言してはならぬぞ。しかと申しつける。絶対にな。他言した者は処罰いたすぞ」

家老は、事件が幕府の耳に入ることを恐れて、念を押すように繰り返し言った。

牛之介は、半年前に嫁を貰ったばかりであった。この忌むべき殿の刃傷沙汰は、牛之介の母が息子の死を嘆き苦しんで狂い死にしたことと、殿を憎む妻が心の病にかかったことで、妻の親族から洩れ伝わって領民の耳にも入り、牛之介への同情が暴君への憎しみになって広がっていった。

藩士の口は塞げても領民の口は塞げず、この年の秋に起こったこの事件は、翌年の春には幕閣の知るところとなった。藩の重臣たちは、先代から内紛が続くうえ、この事件でますます窮地に陥り改易沙汰になることを恐れた。

今回も江戸家老が幕閣たちに多大な金品を送り、懸命な画策によって事なきをえたが、用人を容赦なく殺害するような藩主への失望と落胆が藩士の間で囁《ささや》かれた。

この事件に加えて藩の財政難から改革と称して上級家臣を降格や減禄し、藩士たちの給金まで減らしたことへの不満で、藩内には不穏な空気が漂い、家老堀宇右衛

門ら十人が見切りをつけて、暇《いとま》ごいを願い出て藩を去るという大事が起こった。

牛之介事件の二年の後、親賢は数名の供侍を連れて、恵那山麓に鷹狩りに出た。野兎を一匹獲ただけだが、野分《のわき》が強く吹き出したのでひと休みするという殿の仰《おお》せで、供侍が家を探し歩いて手ごろな百姓家を見つけた。

「ご免！　お頼み申す！」

大声に驚いたように多恵が出てきた。

「はい、何でございましょうか」

「殿のお供で鷹狩りにまいったが、野分が強くなってきて殿は休みたいと申しておられる。しばし座敷を借りたい」

「はい、父に聞いてまいりますので、ちょっと……」

と言いかけたとき、話を聞きつけた父親の伊助が出てきた。

「あるじの伊助でございます。あのー、むさ苦しい部屋しかございませんし、汚れておりますので……、どうかご勘弁を」

「殿も狩装束ゆえかまわん。部屋を見せてもらおう」

伊助は、困惑した顔で奥の部屋に案内した。

「とても、お殿様のお休みいただくような部屋ではございませんですが、何卒、庄屋様のお宅にでも」

「風が強くなって、とても庄屋までは行かれんでな」

供侍は、草鞋《わらじ》履きのまま上がって来て、

「この座敷でよい。襖を外し二間続きにしてくれ、六名の供侍がおるでな」

「はあ、さようでございますか。かしこまりました」

殿の言と聞いては、断ることはできないのでやむなく承諾した。

「では、殿をお連れするから、粗相のないようによく掃除をしておけ」

侍が行った後、女房のきぬと娘の多恵に部屋を片付けさせながら、

「殿さまが来ても、多恵は出てくるな。納戸に入っていなさい」

多恵は年齢よりもちょっとませて色っぽく見えるので、伊助は悪評高く色好みの殿に目をつけられるのを恐れた。

四半時《しはんとき》(三十分)ほど後、数頭の駒の音がして戸口で話し声が聞こえ、先ほどの侍が入ってきた。

「殿がお着きになられた。湯茶を用意してくれ」

「かしこまりました。突然のことで、たいしたお構いもできませんが。座敷の方にお通り下さい。洗桶は一つしかありませんが、すすぎを用意しました」

伊助と妻のきぬは土間に土下座して、殿を迎え入れた。

「厄介になるぞ」

肩を揺すり威厳をつくって殿が入ってきた。すぐに、供侍がすすぎの桶を持ってきて、座して殿の草鞋《わらじ》を解いた。

「すすぎはいらぬ。塵を払ってくれ」

少しかすれ気味の低い声を聞き、伊助はそっと顔をあげて殿を見た。

はじめて拝顔したが、小太りの脂ぎった顔で三十二、三の男に見えた、だが、このときは、まだ二十六歳であった。

きぬが、用意しておいた茶と里芋の煮つけを運んでいった。

しばらくして、供侍が廊下に出てきて、

「あるじ！　おるか！」と伊助を呼んだ。

「は、はい、ただいま」

「あの茶は不味《まず》いな」

「申し訳ございません、自家製の茶ですので」

「殿が酒を所望しておられるが、酒はあるか」

「はぁ、米の酒はございませんですが、山ぶどうで造った酒なら少々ありますで」

「山ぶどうの酒とは、珍しいな。それでよい、娘に運ばせよ」

「あのー、娘は体の具合が悪いので、妻に運ばせますが」

「先ほど会った若い娘でよい、その娘に運ばせよ。酌をしてもらうだけだ、心配せんでよいぞ」

この侍と多恵は、最初に顔をあわせていたのだった。

「分かりました。早速にご用意いたします」

伊助は、突然上がり込んで酒を所望し、娘に酌までさせるとは、なんと横暴なと思ったが、この身勝手すぎる要求にも応じるしかなかった。

この村では、収穫した米のほとんどが年貢として供出させられるので、日ごろは雑穀しか食しておらず、貴重な米で酒など造る者はいなかった。伊助は自家製の山ぶどうの酒も惜しみながら少しずつ楽しみに飲んでいたのだった。

伊助は酒をかめから徳利に移し、川魚の塩焼きを添えて娘の多恵に運ばせた。

「おお、山ぶどうの酒とはめずらしい、はじめて口にするぞ。酌をしてくれ」

殿は、多恵をじっと見つめながら、上機嫌に言った。多恵は、ぎこちない格好で震えながら酌をした。

「そちの名は？」

「はい、多恵と申します」

「お多恵か、よい名じゃ。して、何歳になる」

「はい、十七になります」

「なかなかの美形じゃのぉ、城の女子たちとは違って初《うぶ》な感じでなかなかよい」

供侍たちは、このやりとりをにやにやしながら見ていた。

しばらく談笑した後、日が山の端にかかりはじめ野分がおさまった頃合をみて、一行は獲物の野兎を礼に置いて帰って行った。

「やれやれ、帰って行ってほっとしただ。突然に、迷惑なこっただ。まったく」

「わだしもほっとしただよ。お殿様のお顔をちらっと見たけんど、世間でいうような暴君には感じなかっただや」

きぬは、腰を伸ばしながら言った。伊助ときぬは、思いがけない出来事にすっかり気疲れしていた。

数日後、役付きらしい長身の武士が、鷹狩りのときの供侍を案内役にたて、馬でやって来た。

「伊助殿でござるな。わしは側用人の小野田範康《のりやす》と申す。お多恵どのは達者で暮らしておるか」

「はぁ！　はい、元気にしております」

「今日は、殿の仰せで参った。殿は多恵どのを大層お気に召され、御殿奉公をさせるように望まれておる。如何なものかな」

「………」

伊助は恐れていた事態になったので、しばらく声が出なかった。

「如何した？　お答え頂きたい」

「はぁ、はい、突然のことなんで、驚いておりますだ。けど、多恵はまだ、十七の……おぼこ娘ですから……、あのー、お城に上がりましても、作法も心得ませんので、ご勘弁願いたいんでごぜえますだが」

途切れとぎれに言った。

「作法のことは心配するにおよばぬ。年増《としま》の御殿女中に教えさせるで、安心してよい」

「何分、家事をさせているひとり娘でして、それに、わしら貧しくて、お城に上がる支度も出来ませんで」

「支度は当方でしてやるので心配いらぬ。それに、お手当は充分にいたすぞ」

伊助は、すっかり当惑してしまった。

「はぁー」

「田舎娘がお城に上がるなど、大変な出世なるぞ」

横から供侍が口をはさんだ。

「えぇ、はぁー」

「殿のご命令であるからな。さよう心得よ」

側用人は、何としても承諾させようと次第に居丈高《いたけだか》になってきた。

「わしの一存では確かなお答えを申しかねますので、本人の気持ちも聞きませんと、一両日お待ち願えないでしょうか」

「それはもっともだ。では、明日、あらためて参るとしよう。娘を納得させよ」

側用人は言い放って帰って行った。

伊助は、何か方便《ほうべん》を考え、断れないものかと、きぬに相談した。

「まず、多恵の気持ちを聞こう。多恵、どうかな」

「お城に上がるなんて、とっても不安だし、嫌だわ。二年前の忌まわしい事件を聞いているから怖いし。それに、私はまだ十七だし……、寺子屋のお仕事もあるし、ほんとに嫌です。嫌です」

多恵は毅然として言った。伊助は、多恵を見ながら黙って頷いていた。

「あの事件の本当のことは分からんでな、お殿様の気性も気になるけんど。お城さ上がれば、きれいな着物ばきて、いい生活ができるぞ、その上お手当も沢山もらえるでな、お殿様がいい人なら夢みてえな、ありがてえ話だけんどなぁ」

きぬには、不安な気持ちの裏に、目先にぶら下げられたお手当という餌に飛びつきたいような気持ちがあった。

「ああ、なんとも困ったなや。まず、庄屋さまに、意見を聞いてみようと思うんだや。妙案があるといいんだけどなぁ」

伊助は、思案しながら重い口調で言った。

「あん人は賢いじゃからな、すぐ行って相談してきんさい。日暮れが早いでな。帰りは暗くなるで、提灯《ちょうちん》ば持っていきや」

「そうすべえ。明日、また、あの用人が来るでな」

伊助は、暮れかかった山道を急いだ。

庄屋の忠兵衛は、ことの経緯《いきさつ》を親身になって聞いてくれた。

「なんとも困ったことになったもんだ。殿の命令であれば受けざるを得ないだろうなぁ。特に、あの殿は、一度言い出したら絶対に後には引かねえ性格だそうだから、断ったらどんなことになるか分からんしな。申し訳ねえが、わしには、なんも出来ねえでな」

「庄屋さまにも手だてはねえだか、何としたらいいがなぁ」

「大きな声では言えねえだが、あの殿は、己の我を通すでな、まったくの暴君で、困ったもんだで、初代のお殿様は名君だって言われるけんどな。二代目からはだめだで、この四代目は、特に気ままで、なんとも頂けねえご仁なんだや」

「あーあ、どうにもなんねえすか。すっかだねえだなぁ」

「お多恵さんには気の毒だが泣いてもらうしかねえだな、ほんに困ったこった。こっちも寺子屋の教え手が欠けて困るしな、伊助さんもひとり娘をとられるんではなぁ、お困りだべ。殿の命令ではなぁ、ほんとに困ったなやぁ。何もできねえで申し訳ねえだ」

伊助の気持ちを察して、同情するように「困った」を連発した。

「庄屋さまに、話を持ち込んでも、どうにもなんねえことは、分かってたけんど。どうにも、この気持ちがおさまらんのや、今日は突然にお邪魔して、お忙しいところ申し訳なかったですな。では、ごめんなすって」

伊助は庄屋を辞して、何度もため息をつきながら提灯を手にとぼとぼと日暮れの山道を帰った。

歩きながら怒りがこみ上げてきて、「殿の大馬鹿野郎！」と暗い森に向かって独り大声で叫び、

「何の因果でこんな目に……、ああ、多恵に泣いてもらうしかねえのか。なんとも腹立たしいな。殿はわしらに何をしてくれたのや、殿とは権力を盾に己の欲望を充たすだけの存在なのか、まったく、人間を遊び道具にしやがって、いったい藩とは如何なる存在か、百姓の作る米を取り上げるだけではねえのか。百姓はてめえの作る米さえ満足に口にできんのや、こんな世ではだめだ！　世は民の力で支えられてるんだ。その民を軽んじていいのか。侍だけがのうのうとして。民の不満は限界に達しているんだ！」

この世の不合理に、はらわたの煮えくり返る思いで、

「一揆が起こるのは当然だべー、この馬鹿殿めー」

闇に向かって大声で不満をぶつけていた。


翌日、側用人がやって来て、多恵の御殿奉公を強引に約束させられた。

その数日後、早速、お城から豪華な支度一式と豪華な駕籠が運ばれ、髪結方とお女中がやって来て、風呂で身体を洗ってから多恵は初めて化粧をしてもらって、着替えさせられた。

きぬは、隣の部屋で支度を見守っていて、

「なんとまあ、お姫さまみてえだよ。わしの娘と思えねえ姿になっただよ。お多恵、綺麗だなや。ほんになぁ」

長い別れになることも忘れて、着飾った娘の姿に見とれていた。

伊助は、納戸に閉じ込もって、あれこれと、多恵の将来を案じていた。お城に上がってしまえば、勝手に家には帰れないし、殿のお手がついたら、まともな結婚はできなくなるだろう。生娘の多恵が色好みの殿にもてあそばれるような気がして、なんともやりきれない思いでいた。

牛之介事件の発端になった側室のお豊は、縁を切られて帰されていた。だが、お城には多恵の他に二人の側室を抱え、江戸屋敷には正室の他に情を交わした奥女中が何人かいた。

伊助は、御殿内での女同士の嫌がらせや葛藤の渦の中に愛娘を投じることになるのかと嘆き、

「咲いたばかりの花を手折《たお》るとは、まったく身勝手な人だ！」

女ざかりになった娘を失う悔しさに悶え、伊助は納戸の板戸を叩いた。

しばらくして、供の者が、納戸にいる伊助に多恵の出立《しゅったつ》を知らせにきたが見送りには出なかった。

しばらくして、「ご出立！」の声が聞こえ、伊助は再び板戸を叩いて泣いた。

多恵がお屋敷に上がって間もなく殿のお手がついて、側室のひとりに加えられたことを、用人が父親に知らせに来て、「めでたいことですぞ」と言った。

伊助は、何がめでたいか、色好みの殿の餌食にされたんじゃないかと悔やんだ。月末にお手当の一部を藩士が届けてくれるのだが、その下級藩士に多恵の暮らしのことを聞いても、存ぜぬの一点張り、どんな生活を送っているか連絡もなく、知る由もなかった。

城は小笠原秀政が飯田藩を立藩し築城してから百年もたって、かなり老朽化して

いたが、武家諸法度によって城の改修が厳しく制限されていたので、城の裏側の小山を背景にして大きな池と広い庭園を抱えた御殿風の大きい屋敷を建てて、殿の住まいにしていた。

多恵を含めた三人の側室は、この御殿の奥にそれぞれの部屋があてがわれ、お付き女中がつけられていた。多恵には年配のお駒が付き、御殿での作法の指南にあたっていた。多恵の部屋は、一番端の裏庭に面して池が見えた。お駒から、あれが二年前の事件のあった池と聞き、殺害された用人のことが思い出され、哀れでならなかった。

屋敷の女中たちは武家の出なので、言葉づかいに気をつけないと、女どもに蔑《さげす》まれるとお駒に言われ、多恵は口数が少なくなっていった。

「あーら、お多恵さま。お里の方は田植えでお忙しいのでは？　おわい運びに帰られてはいかが。どこか、おわいの臭いが染み着いているようね。おほほほぉ」

江戸出の側室お高は、いつも嫌がらせを言った。

他の側室やそのお付き女中までが、若い美貌の多恵を目の仇にして事々《ことごと》に下賤な百姓の出とあげつらって侮蔑《ぶべつ》の眼を向け、顔を合わせるたびに意地悪なことを言った。

多恵は、どうしても殿を好きになれなかった。お屋敷に上がった当初は、殿が通ってきた。だが、殿はいつまでも心を開かない多恵を避け、妖艶で楽しませるすべを心得たお高の方に足が向いていた。多恵は、そのほうが気が楽だった。

猜疑心が強く、嫉妬深い殿は、側室たちに里帰りを許さなかった。まさに、あわれな籠の鳥で孤独な生活であった。

寺子屋で子どもたちを教え、賑やかに過ごしていたときのことが思い出され、涙がこぼれてきた。綺麗な着物をきて、美味しいものを食べ、お屋敷で暮らすことが幸せではなかった。貧しいながらも両親と共に働き、汗を流し、いたわりあって暮らす中に本当の幸せがあったのだと、しみじみ思っていた。

奥屋敷の側室や御殿女中の部屋に通じるところには扉があり、裏庭には柵があって、藩士たちは立ち入れなかった。あの忌まわしい事件の後、特に出入りが厳しくなっていた。女だけの生活には欲求不満のためか葛藤があり、中傷がひどく、多恵にもそのとばっちりが振り掛かり、陰湿な言葉でのいじめを受けていた。

多恵が屋敷に上がってから二年半が過ぎ、三度目の春を迎えていた。

お付き女中のお駒が、殿は五日後に参勤交代で江戸に出立されることを知らせてくれた。

飯田藩は、武家諸法度で四月の参勤で隔年交代と定められ、重臣、藩士、中間《ちゅうげん》たちが同行して、一年間の江戸詰めになる。

この間、御殿女中の何人かが交代で里帰りを許されていたが、側室には里帰りがなかった。多恵は、お城に上がった翌年の四月に参勤交代を経験しており、今度で二度目だが、何故かほっとするのであった。

参勤交代に出立した後は、屋敷が静かになった。

多恵は、鬼のいぬ間の晴ればれとした気分で裏庭を歩いていると、若い下男が池の周りを掃除していた。男は多恵を見てその装いから側室の方と分かり、ひざまずいて頭を下げていた。

「毎日、ご苦労さまねぇ」

多恵が声を掛けても、男は黙って頭を下げたままでいた。側室の方に声を掛けられたのは初めてなので、畏れ多いと感じていた。

「そなた、中間部屋におるのかぇ」

「池の向こうの裏山の小屋におります」

ようやく頭を上げて低い声で答えた。庭掃除や薪割りなどの雑役をする小者は、中間以下の扱いで、池の西側を上った山小屋にひとり住まわされていたのだった。

背のすらりとした実直そうな若者で、多恵は男の凛々《りり》しい顔立ちが寺子屋の師匠逢坂吉右衛門にどことなく似ていると思った。

多恵は、屋敷の外には出られないし、部屋で黙々としているのはやりきれず、雨の日以外は広い裏庭をあちらこちらと散策していた。

「お多恵さまは、お一人でお庭の散策なされるのですね。里の出ゆえほんに逞《たくま》しいですわねぇ。おほほほぉ」

お付き女中のお駒が言った。

百姓女だからふらふら歩き回るのだろうという皮肉が込められていた。

「そう、気晴らしにね。わたしは歩くのがとっても好きなの、この若葉の時期は気分がすっきりするわ」

多恵は、さらりと言ってのけた。

小高い裏山の木々の新緑が陽に映えて鮮やかであった。多恵は恵那山麓の故郷中関を思い出しながら歩いていた。常緑樹が春先に落した枯葉を炊く煙が立ちのぼり、その匂いが里の懐かしい想いを一層かきたてて涙がこぼれた。

しばらく行くと、裏山の登り口で、先日の下男が大きな熊手で落ち葉を集めていた。

「おや、また会えましたね」

他の側室やお女中は気位が高く、下男のような身分の低い者に声をかけることはなかったが、多恵は気安く声をかけた。

男は慌てて草地に座して、頭を下げた。

「そのように、畏《かしこ》まらなくてもよい、気楽になされ。わたしは庭を歩くと気分が良いので、勝手に歩き回っているのですから。お仕事を続けなされ」

お駒から里言葉を禁じられていたので、ぎこちない武家言葉を使った。

「ははぁ、畏まりました」

「庭は広くて、一人で掃除をするのは大変ですね」

「いいえ、これが役目ですから」

「そなたの名は？」

「はい、新吉と申します」低い声で答えた。

「あたしは多恵といいます。あたしの教え子にも新吉という頭の良い子がいましたよ」

「教え子と申されますと」

「寺子屋で師匠の手助けをしていましたから」

「私も、村の寺でご老師さまに学んでおりました」

「そなたは、いずこの出？」

「はい、美濃でございます」

「おお、あたしのお師匠さまも美濃の中津川の出で逢坂吉右衛門というお方ですが、存じておらぬか」

「はあ、存じあげません。美濃は広うございますから、私は美濃の蛭川《ひるかわ》村の百姓ですので」

「あたしの実家も飯田の中関の百姓です」

「左様でございますか」

新吉は、側室のお方も同じ百姓の出と聞いて、気持ちが楽になってきた。

「お邪魔しましたね。では、また」

話している所を御殿女中たちに見られると煩わしいので、別れて歩きだした。

歩きながら、新吉はきりっと締まって聡明な顔立ちの若者だと思った。

百姓の出であることも、多恵にとって親近感があり、今では身分の違いがあるものの、話していると以前の百姓娘にかえったような爽やかな感じがした。お付き女中とは、用向き以外の話をすることがないので、新吉と気楽に話せるようになりたいと思った。

散策のたびに、我知らず新吉を探すようになっていた。裏山といっても庭続きの小山で、道を辿れば難なく登れるように思えた。裏山に新吉の小屋があると言っていたが、どんな小屋だろうかと興味が湧いてきた。

陽射しの柔らかい初夏の日、多恵は、女脚絆《きやはん》をつけ歩きやすい草履《ぞうり》をはいて裏山に向かった。曲がりくねった小道だが、道端の枝も払われ、よく整備されていて、毎日、何度も上り下りしていることが感じとれた。

山道を歩くのは慣れていたので着物姿でも楽に歩けた。この裏山には女たちは来ないので気兼ねがなく、心の重荷がとれたような爽快な気分で、足どりも軽く登っていった。時折、吹き上げる風も心地よく、山の草木は里山と同じ匂いがして懐かしさがこみ上げてきた。

チチ、チチと鳴き交わす二羽の小鳥の声が迎えてくれていた。

山を登りつめて少し下った裏側に、ひっそりと小さな山小屋があった。新吉の小屋だと思った。側室という身分をわきまえずにやって来たことで、どきどきし、新吉が出てきたら、何と言おうかと考えた。

小屋に近づいてみたが、物音がしない。小娘のようにわくわくして、そっと、小屋の中を覗いて見た。新吉は仕事に出て留守だった。

一部屋だけだが結構広く、火の気のない囲炉裏に鍋がかかっていて、部屋に渡した竿には洗濯した物がきちんと掛けてあり、きれいに整頓してあった。

空き箱を利用した机には、硯《すずり》と和綴じの書物と一冊の経典が載っていた。

好奇心が湧いてきて、おそるおそる部屋に上がって、書物を開いて見ると論語を丹念に書き写し、その傍《かたわ》らに自分の解釈や考えが書かれてあった。並べて置かれた経典もかなり使いこんだものだった。

多恵は驚いた。新吉が学んだという僧侶から書物を借りて論語を書き写して自ら学びを深め、毎日、読経しているのだろうか。新吉が学問好きとは意外だった。字は性格を表すと言われるが、その字体からみると几帳面な性格らしい。

多恵は、新吉の思いもよらない一面を知った。中間や女中たちが小者として見下しているが、雑役をする下男にしておくのは惜しいように思われた。

帰りの山道を下りながら、江戸詰めの者たちが国帰りすると、このような散策や山に登るような勝手な振る舞いはできなくなるだろうと思い、まだ、二十歳の身なのに、このまま籠の鳥として埋もれてしまうわが身が情けなく、ため息をつきながら歩いていた。

御殿の中にいると、奥女中たちの意地悪な目が注がれ、執拗なお高やお勝の嫌がらせに辟易《へきえき》していた。気晴らしに裏庭を歩き、そのたびに新吉を探した。

会うごとに、新吉は堅さがとれて、お寺にいたときの寺を訪れる旅の僧侶から聞いた色々のことを話してくれた。多恵は、新吉の知識の豊かさに驚き、話を聞くのを楽しみにするようになった。

秋も深まり、木の葉が舞い落ちるようになった。多恵は、この時期になると、もの淋しい想いにかられた。両親と別れたのはこの頃であった。里では棚田の刈り入れが済んだろうか、父や母は達者で暮らしているだろうかと案じられ、思い出されるのは里のことばかりであった。

池の向かい側で新吉が、秋の陽を浴び諸肌《もろはだ》を脱いで、山から伐り出してきた薪を割っていた。新吉は、池をはさんで遠目に見ている多恵に気づいて頭を下げた。

筋肉質の逞しい身体で、斧を振るう姿は美しかった。薪を割り、たきぎを束ねて、厨（台所）の脇に運び、積み重ねて懸命に御殿での冬の準備にとりかかっているのであった。多恵は、新吉の仕事を邪魔をしないように、そっと、その場を離れた。

裏山に登り、新吉の小屋を見たときから、多恵の心の中に新吉が存在するようになっていた。多恵は、これは罪悪だ、いけないことだと、しきりに打ち消そうとしていた。

新吉の薪割りは数日間続いた。多恵はその姿を遠くから見て、ときめきを感じていた。厨で必要な薪を用意するため、伐り出して乾かしておいた木材を適当な長さに切り、それを割って薪にしているのだが、相当な重労働だろう。多恵は、その熱心な仕事ぶりに感心し、女の尻だけ追っている殿より数段立派だと思った。

多恵は、庭の散策の途中で新吉に会った。いつものように、膝をついて畏まろうとした新吉に、

「目立つから、そのままに」と止めて、「薪割りは済んだのですね。大変でしたね、ご苦労さま」

「とんでもございません。私の役目ですから、力仕事は慣れておりますので」

「秋のお山も美しいですわね。そのうち裏山に登ってみようと思うのですが、あたしでも登れますか」

「よく晴れた日に、汚れてもいいお着物をきて、ゆっくり歩けば登れると思います。大した山ではございませんから、私は、毎日何往復もしておりますので」

「暇になったら、山に案内してくださいな」

多恵がひとりで山にのぼって、新吉の小屋まで見たことは隠していた。

「えぇっ！　それは成りません。私のような小者が、お側室さまのご案内なんて、上役から大変なお叱りを被りますので、ご勘弁を」

「あたしは、政務やお役のことは存じませんですの。じゃ、内緒でね。お願いしますよ」

「いやあ、それは困ります。あぁー、よわりましたな。私のような者が……」

「内緒でね」

「はあ、では何とか、考えてみます」

新吉は、美しい女性に頼りにされることが、とても嬉しかった。

「ほんとに、お願いですわよ」

多恵は、身分を忘れて、次第にくだけた話し方になっていた。

次の日、新吉は池の向こう側で、多恵が散策に出てくるのを待っていた。多恵も新吉のいるのを確かめてから、人目をはばかり、そぞろ歩きに池を眺めるふりをしながら回って行き、屋敷から見えない木陰に入っていった。

「御殿女中に見られるとうるさいから、隠れるようにして出るの」

「藩士たちは裏庭に入れませんし、お女中方もあまり庭には出られませんので」

と言いながらも、新吉は木立に身を隠すようにした。

「誰も来ないので、お庭は静かでいいわ。いつも掃除をしているから綺麗だし。それで、約束したお山へは、いつ案内してくれますか」

「庭木の手入れの仕事が、今日で一段落するので、明日の昼下がりにここでお待ちしております。歩きやすい格好でいらしてください」

「期待してますよ」

多恵は別れてからも、秘めごとをしている乙女のように、われながら恥ずかしいくらいに気持ちが高揚していた。

翌日、お駒が昼の膳を下げるとすぐに、前回の山歩きと同じ装いをして出かけた。約束の場所で、新吉が待っていてくれた。

木陰の道を歩く姿は、屋敷からは見えないし、山に登ってくる人もいないので、気楽に歩けた。紅や黄金色に染まった山は、多恵の心の重荷を解き放ってくれた。新吉が先導して木漏《こも》れ日を受けながら登り、木々や草花の名を教え、花の美しさを説明してくれた。

　多恵が危なそうな急な小道で手を伸ばすと、新吉は手をとって引き上げてくれた。多恵は、これまで経験したことのない思いが湧きあがって胸をときめかせていた。やがて、新吉の小屋の前まで来た。

「ここが、私の小屋です。物置のようなものですが、暮らしに必要なものは揃っています。近くに湧き水もありますから、炊事や洗濯も簡単にできますし、冷たいですが体も洗い流してます」

「こぢんまりとして、いいわね。家の中を見せてくださいな」

「いやぁー、それは……。むさ苦しいところで、お見せするようなところではございませんので」

「あたしは、このような山小屋にとても興味がありますの。是非、見たいわ」

「いやー、恥ずかしいですが。では、ちょっとだけ」

　引き戸を開けた。多恵は、すでに知っていたが、珍しそうにきょろきょろと見回していた。

「部屋に入ってもよろしいか」

「えっ！　部屋に？　人に見られたら大変なことになりますので、ご勘弁を」

「でも、外は少し寒いから、ちょっとだけ入れさせてもらいますよ」

多恵はためらわずに入っていった。

「囲炉裏まであって、あたしの里の家より立派ですよ。里の家も百姓家なので、懐かしさを感じますわ」

色あせたござ畳が敷いてあり、綺麗に掃除してあった。

「囲炉裏の灰の中に火種がありますから、炭を持ってきます」

新吉は、少し慌てながら炭の箱を持ってきた。御殿の竈《かまど》から出た消し炭が箱いっぱいに入っていた。火箸で囲炉裏の火種を探しながら炭を入れた。

多恵は、囲炉裏の前に座って、手をかざしていた。

「炊事の材料は、どこで求めてくるの？」

「米や味噌は支給されるのですが。惣菜は厨に木箱を置いてきて余り物や残り物を入れてもらい、夕餉の済んだ頃に、空の木箱と取り替えて頂いてきます。おこもさんのようで恥ずかしいのですが、一応、洗って調理のまねごとをして食べます。村にいたときよりも美味しいものが食べられます。前任の者もこのようにしておりました、その人から教わったのです」

「なるほどね」

「御殿女中は、ご馳走を残しますからね」

「あたしは御殿に上がって三年になりますが、あなたがこちらに来られたのは？」

「はい、二年半ほど前です。私は、どん百姓の次男坊なんで、十歳のとき雲林寺《うりんじ》に小僧に出され、お寺で僧侶たちに手習いや学問を教えて頂きました。ご老師さまから二十歳になる前に寺を出て独立するように言われ、いずれかに奉公しようと思ったんですが、手づるがありませんでご老師さまにお縋《すが》りして、こちらにお世話して頂きました」

「その方は、あなたの恩人ですわね」

「そうです。智然《ちぜん》さんというご老師さまで、お寺に入ったために月謝を出さずに学べて、お経まで習いました。それに、若い僧侶の指導で棒術を習い、心身を鍛えさせられました。ご老師さまは、私の大恩人なのです」

「あなたは学問が好きなのね。それに体格がいいのも棒術のおかげですのね」

「ご老師さまが身体を鍛えることは心を鍛えることにつながると、学ぶ喜びを教えてくれたのです。今も小屋の近くで朝夕に棒術の稽古をして体を鍛えております。この棒で」

　傍らの磨きあげられた樫の棒を見せた。

「だから逞しい身体《からだ》なのね。あたしも学びたいものがあるのですが。籠の鳥のような生活では……」

何か考えるように、口ごもって沈黙が続いた。

「この山小屋にひとりでいて、寂しくないですか」

「夜は、書物を読んだり、草笛を吹いて楽しんでますから」

「おや、草笛まで習ったの？　この山国では、草笛を吹く人が多いですね。父もよく吹いて聞かせてくれました。あなたの草笛も、是非、聞きたいわ」

「多分、お父上のようには吹けませんが」

新吉は、土瓶に差した枝の葉を一枚とって、口に当てて吹き始めた。多恵は、初めて聞く曲で、その哀愁を帯びた音色は心に沁《し》み涙がこぼれてきた。

「とても心に響きました。その曲は、どこで習いましたの」

「雲林寺で、他国から修行に来ていた僧に教わりました」

多恵は、曲の余韻にひたっていた。しばらくして、

「新吉さんは、牛之介事件のことを知っていますか」

ごく自然に、〈新吉さん〉と親しみをこめて呼ばれ、新吉は、はっとわれに返って多恵を見た。

「いや、知りません。何でしょう、その事件とは」

多恵は、殿の悋気で起こった事件のことを詳しく話した。

「そんなことが、あの池で……、驚きました。私がこちらに上がる前のことですね」

「殿は、とっても猜疑心が強いのよ」

多恵は、顔を曇らせた。

新吉は、二人が小屋の中にいるところを見られたら誤解されて、お側室さまに大変なことが振りかかると思った。

「暗くならないうちに、池のところにお送りします」

新吉は立ち上がった。

「今日は、いろいろと話ができ、草笛までも聞かせてもらって、楽しいひとときを過ごさせてもらいました」

多恵は、何のこだわりもなく素直に言って、帰りの途についた。

山道を下りながら、多恵は、

「黙っていましたけど、実は、春にこの道を登って小屋まで来ましたの。そのとき、あなたは留守でしたけど」

「えっ！　どうして？」

「わたしは山里育ちですから。新緑の美しさと山の匂いに誘われてふらりと歩いているうちにね」

「人に見られると大変ですからおやめ下さい。ご身分に障りますので」

新吉は、先ほど聞いた事件から殿の性格を推測し、多恵の身を案じて言った。

翌日、新吉は庭を掃除しながら池を見て、この池が血に染まったという話を思い出し、側室を小屋に入れたことが知れたら殿に疑われて、牛之介の二の舞になるだろうと思った。


数日後多恵は、新吉が庭仕事にでる頃合をみて庭に散策に出た。

「新吉さん、先日はありがとう。また、小屋に連れて行ってくださいましね」

多恵が近づいて行って笑顔で言った。

「お側室さまが、私の小屋なんかに来てはいけませんよ。誤解されたら大変なことになりますから」

新吉は言いながらも、清純で、なんて笑顔のきれいな人だろうと、言葉とは裏腹の心境で多恵の顔をじっと見つめた。

「あたしには、打ち解けて話をする相手がいないから、新吉さんとお話をするのがとっても楽しみなんです。何でもお話できるようで、是非、また連れて行ってくださいな」

多恵は、殿の国帰りの後は、このような冒険は出来なくなると思って、気取りのない里訛《さとなま》りで新吉の顔を見ながら、再度、懇願するように言った。

「でも、それは……」

新吉は口ごもっていたが、

「じゃ、明日の昼下がりに、あの木陰でお待ちしてます」

若さゆえ、心がときめき、多恵の美貌に負けて約束してしまった。

翌日、新吉は木陰で待つ間も多恵の気持ちを想い心が弾んだ。多恵が新吉を見つけて笑顔になった。新吉は無言で頭を下げて、人目を避けるように歩きだした。

多恵は新吉の後ろを歩きながら、三年前に会えていたなら、どんなにか幸せな人生を送っていたことだろうと思った。楽しい家庭を築いて、ふたりの間に子どもも生まれてと、ありえぬことを想像しながら、嬉しそうに娘に戻った気分で小屋に向かっていた。

決断

小屋の囲炉裏には炭火が赤々と燃えて、部屋を暖めてくれていた。

「ここに来ると、何故かほっとしますの」

多恵は、笑みを浮かべて言った。

「お殿様は、お江戸なので、お寂しいのですね」

「いいえ、殿や奥女中たちのいない方が、気が楽なのです。あたしは殿を好きになれませんの、嫌いなんです。ほんとに嫌なんです。とっても嫌……」

多恵は、日頃から思っていることを口に出し、殿の脂ぎった顔を思い出して身震いした。新吉は、大変なことを聞いてしまったと思った。

「御殿には、むりやり連れてこられたんで、ここの暮らしには馴染《なじ》めませんの」

誰にも言えずに、溜まっているうっぷんを吐き出したい気になった。すっかり田舎ことばになって、御殿に上がったいきさつを新吉に話した。

「あーあ、何もかも話して、すっきりしましたわ」

「お側室の方は、玉の輿《こし》に乗って、何不自由なく幸せに過ごされているものと思っておりました」

新吉は、意外なことを聞いて驚き、多恵の顔をじっと見ていた。

「あたしには、田舎暮らしが性にあっているの、ここでは心が満たされないんです。それに二人の側室から嫌がらせを言われ、奥女中までも意地悪をするので、出来ることならここを逃げ出したいの。でも、それは叶わぬ願いですのね。ほんとに情けないですわ」

多恵は、とめどなく出てくることばを、抑えることができなくなっていた。

「新吉さん、わたしの気持ちを分かってほしいの」

涙を流して訴えた。新吉にも女の悲しさが分かった。

多恵は、二人だけでいる山小屋の雰囲気が身分を忘れさせ、心のしばりも解き放されて高揚し、二十歳の女に戻っていた。

「新吉さーん」

思いあまって、突然、新吉に抱きつき、声をあげて泣きだした。

新吉も多恵の肩を抱いた。新吉の目からも涙がとめどなく流れ出てきた。しばらく、無言で抱き合っていたが、新吉はふとわれにかえって、とんでもないことになってしまったと気づいた。あまりにも身分が違いすぎるのである。

「お多恵さま、帰りが遅くなると大変なことになりますから、お送りします」

何のこだわりもなく、お多恵さまと呼んでいた。

「そうしてください。でも、また会ってくださいましね。必ずね」

多恵は、急いで身づくろいをし、髪の乱れを直した。

鬱蒼《うつそう》とした木々に囲まれた山では暮れるのが早い。新吉は、山道を多恵の手をとって下りて行った。

多恵は、新吉に手をとられて歩くことの幸せを味わっていた。

池のほとりの木陰まできて、多恵はもう一度、新吉に抱きついた。

「本当に会って下さいましね。本当ですよ」

多恵は、新吉の目を見つめながら念を押して、別れて行った。

小屋に戻った新吉は、部屋に多恵の香りが残っていることに気づいた。部屋に多恵が涙をぬぐった懐紙が落ちていた。新吉は、懐紙を拾い上げて頬ずりしながら涙

を流し、罪の深さを意識して、

「いけない、いけない、彼女は殿の側室なのだ」

自分に言い聞かせて涙をぬぐった。


多恵は、散策のたびに新吉を探していた。遠くで、庭木の幹に菰巻《こもまき》をしている新吉を見つけて、急いで行ってみると新吉はいなくなっていた。

新吉は、これ以上の深入りは多恵を不幸にするだけだと思い、もう会うまいと心に誓って避けていたのだった。隠れれば探し、逃げれば追うのは女ごころ、かえって、多恵の心に火をつける結果となってしまった。

〈心を開いて話せるのは、新吉さんしかいないのに……、どうして、どうして、あたしを避けるの〉

ひとり娘として育った多恵は、自分の思いを通そうとするところがあった。ひとり悶々と過ごす日が続いていた。これが女の性《さが》なのかと悩み、食欲もなくなっていった。

〈ああ、何としたらいいの、恋とは、斯《か》くも切なく、苦しいものなの……〉

多恵は、無理をして食べると、吐いてしまう有り様で、お付き女中のお駒が心配して、藩医に相談して胃薬と食欲のでる薬をもらってきて飲むように言った。

その数日後、多恵は、ようやく庭で作業をしている新吉をつかまえた。

「なぜ、あたしを避けるの？　お話ししたいことがあるの。明日の昼下がり、あの木陰で待ってます。必ず来て下さいね。わたしを助けると思って、お願いよ。必ずね、待ってますよ、ほんとですよ。お願い」

多恵の必死の訴えに、新吉は多恵の情にほだされて覚悟を決めた。

翌日の昼下がり、多恵が例の木陰で待っていた。新吉がそっとやって来て、黙って微笑みを交わし、ふたりは山道を登りはじめた。

小屋に入って、しっかりと抱き合い唇を重ねた。ふたりの目からとめどなく涙が流れて出た。もう、多恵は側室ではなく、ひとりの里の女になっていた。

多恵は二十、新吉は二十五の若いふたりゆえ、燃え上がるのも速かった。互いに求め合い、ふたりが結ばれたのは自然の成りゆきであった。

別れたあとも、新吉の心の中には多恵がいた。ふくよかな乳房の弾みのある柔らかさと、肌の温もりが新吉の掌に残っていた。新吉にとって、初めてのひとであった。

日毎に逢瀬《おうせ》を重ね、ふたりの間は急速に深まっていった。

「新吉さん、あたしを連れて逃げてほしいの、お願い」

多恵は、殿の一行が国帰りする前に、この屋敷を出なければならないと思って、必死の思いで訴えた。

「私もそう考えていました。ここにいて殿に知れれば、ふたりは斬り殺されるでしょう」

多恵と新吉の、まさに命をかけた恋であった。

「逃げてね、ほんとにお願いよ」

多恵は、新吉の目をじっと見て、縋りつくように言った。

「でも、逃げ出すには、それなりの準備と心構えが必要です。必ず、追手が差し向けられますから、山野を逃げ回るだけの覚悟がないといけないし、まず、時期を選ばないといけません。凍え死んではなりませんからね、春先の暖かくなり始めたときに決行しましょう」

「ほんとですよ。必ずね」

「殿のお帰りはいつですか?」

「一年間の江戸詰めだから、多分、来春の三月下旬になります」

(当時は太陰暦で、三月下旬は現代の太陽暦の四月下旬に当たる)

「じゃ、春までに必要なものを考えて揃えましょう。それまでは、絶対に人に悟られないようにしてくださいい。絶対にね、あくまでも慎重にね」

目通りのできない下男の新吉は殿の顔を知らないが、多恵のことばから脂ぎって猜疑心の強い人物を頭に描いていた。

ふたりは堅く誓い合った。多恵は心が決まって、とても明るくなり、これまで以上に行動は慎重になった。特に、お付き女中のお駒と奥女中には気を遣っていた。

逢瀬は奥女中たちが下がって床についた頃合をみて、新吉が例の木陰まで迎えに来て虫の音に似せた草笛を弱く短く吹くことにしていた。多恵は、刻限が近づくといつも耳をすまして、草笛の音を待っていた。薄明かりをたよりに夜道を歩き、新吉がかばってくれるのが嬉しかった。

もう、多恵と新吉は互いに離れられない仲になっていた。

新吉は、多恵から聞いた牛之介事件と同じことが、ふたりの身にも……と、常に頭を占め、殿が国帰りして、事が発覚したときはともに斬殺されるに違いない。己が殺されても、多恵さまだけは逃してやらねばと思っていた。日夜必死で、多恵を秘かに連れて逃げる策を練っていた。強い願いが天に届いたのか、知恵がはたらき巧みな方策が次々に湧き出てきた。

まず、新吉は裏山の奥から街道に逃げ出す道をつくり、柵には小さな抜け道用の隙間を開けて枝葉で塞いでおいた。

厨で木箱に入れてくれる余り飯を清水で洗って天日で干《ほ》し飯《いい》にし、それを空鍋で炒《い》ってはじけさせて、湯を注いで膨らませれば粥になるようにした。また、食べ残しの焼き魚は洗って干物にしておいた。毎日つくる干し飯は相当な量になった。

さらに、新吉が里帰りを許された日に、ふたりの蓑《みの》と笠、それと女物の古い野良着を求めてきて、逃げ道の途中の岩穴に隠しておいた。布地の水汲みや小鍋、食器と、準備は慎重に、野営もできるように着々と進められていった。

新吉は、多恵に準備の状態を逐一教えて、互いに心構えを確かめ合っていた。

多恵は、新吉の利発さと綿密さ、それと慎重な行動が思っていた通りであることを知り、信頼を深めて心から頼れる人だと思った。多恵には、お手当から蓄えた金《きん》子《す》が六十両ほどあり、当分の生活には充分だろうと考えた。ただ、心配なのは、両親にこの事件の累《るい》が及ぶことであった。

雪がちらつくようになった。

庭に雪が積もった日には足跡のつくのを恐れて、新吉が小道の雪かきをしないうちは庭に出ないことにした。

桜が咲き始める晴天の日に決行することにした。ふたりとも春がくるのが待ち遠しかった。だが、そこには苦難と恐怖がふたりを待ち受けているのであった。

「ここを出たら、まず、実家の近くに行って両親の無事な姿を見て、累が及ばないように、どこか別の土地に移るように言いたいの。お手当の一部が親に届けられているから、移り住むお金はあると思うの」

「その気持ちは、痛いほど分かりますが、追手は必ず、一番先に親元に向けられるから、それは最も危いのです」

「でも、両親に災いが降りかかることが……」

「そうならぬよう、じっくり考えましょう」

新吉のふる里、苗木《なえぎ》藩の若い藩主遠山友由《ともよし》は、藩の財政立て直しのため倹約を旨とした十三ヶ条を制定し、何事にも動じない毅然とした信念をもっており、領民から名君と慕われていた。

新吉は今回のことで飯田の侍が追手として、実家にも探りを入れるだろうが、新吉の実家が美濃国苗木藩だから、藩主が領民を他藩の者に捕縛《ほばく》させるようなことは絶対にさせないだろうと思った。だが、多恵の実家は飯田藩内なので、当然、両親に累が及び大事にいたることが考えられた。

数日後、新吉は小屋で、多恵に考えていたことを述べた。

「お父上は、お口の堅いお方ですか」

「父が……なぜ?」

「お父上に、このことを打ち明けても大丈夫でしょうか?」

「えっ、打ち明ける?　それは……、父は頑固なほど口の堅い人です、でも」

「お父上を信じましょう。わたしどものことを話して、藩の追及から逃れるために、事前に他の藩内に移住してもらえばよいのではと考えたのです」

「前にもお話したように、父は、わたしがお屋敷に上がるのは大反対でした。わたしを大変に可愛がり、側室にされることをひどく嫌っておりました。ですが、殿の命令には背けなかったのです。でも、よその土地に移住するといっても、まったく当てがないと思います」

「智然老師さまにお願いして、美濃国のいずれかの藩内に住まいを探してもらおうと思います。檀家の方が沢山おりますから、苗木藩内なら一番安全なのですが」

「それは、名案ですね。しかし、どうやって」

「正月の里帰りのとき、老師さまに会って私たちの計画を話して理解してもらい、ご両親の移り先をお願いしてきます」

「父には、どのようにして知らせるのですか」

「わたしに、ご老師さまから住まいが見つかったという知らせがあったら、多恵さまから父上宛に、わたしたちの計画とご両親の移住のことを文《ふみ》にしたためてもらえれば、わたしが里帰りのときに、ご実家に行って多恵さまの文をお父上に手渡します」

「父が承諾してくれれば、助かりますが」

「わたしが懸命に説得します。ふたりの命がかかっているのですから」

新吉は多恵の目をじっとみつめて言った。

暮れの大掃除も済み、御殿の所々に松飾りを済ませて正月を迎える仕事を終えた日、新吉は里帰りを許された。新吉は、早速、雲林寺に智然老師を訪ね、ことの成り行きと計画のすべてを話した。

老師は新吉の人物をよく知っており、この師弟は強い信頼の絆で結ばれていた。

老師は、新吉の真剣な眼差しから命がけの決意を感じとり、しばらく黙って目を閉じていた。

「新吉、よくぞ打ち明けてくれた。この信頼に応えて、できる限りのことをしてあげよう。決行が桜の咲く頃というと三月の中旬頃だろうが、二月上旬を目処に親御さんの住まいを探そう。見つかり次第、そなたに書状でそれとなく知らせるから、多恵さまの親御さんには新吉から連絡をとってくれ。ことは内密に運ぶことだな、成功を祈っておるぞ」

「有り難うございます」

新吉は、老師の温情あることばを聞き、涙が出てきた。

二月四日に、老師の書状が新吉のもとに届いた。二つの書状が一本に巻いてあり、外側のは上役に見せて帰郷を促すもので、父が病床に伏している旨の書状であった。そして、内側のはごく簡略に僧庵が恵那郡苗木藩領に見つかったという知らせであった。

新吉は上役に老師からの書状を示し、父が重い病で床に伏しているので、見舞いに帰郷させてほしいと願い出た。上役が上司の許しを得てくれたので、計画通りに多恵に父上宛の文をしたためてもらって油紙に包んで懐の奥にしまい、二月九日の早朝に御殿を出た。

多恵の実家を探して訪ね、父親を外に呼んで多恵の文を手渡した。

「わたくしは、飯田藩に勤める下男の新吉と申します。お多恵さまの書状をお持ちしましたので、この場でお読みくださって、ご返事をいただきたいのです」

伊助は、文を読んで大変驚き、血の気を失った。

「そなたが多恵と……。この重大事、立ち話で済むことではない。裏の納屋に来てもらいたい」

伊助は、女房のきぬに知られないように新吉を納屋に引き入れた。

「やはり、多恵は、御殿では幸せではなかったのか。ことの成り行きを詳しく話してくださらんか」

伊助は声をひそめ、新吉の目を見つめて真剣な顔で言った。

新吉は、殿が参勤交代で江戸に行かれたこと、お多恵さまは、日頃から他の側室や御殿女中から嫌みを言われ、疎《うと》まれて寂しい思いをしていたとき、偶然、裏庭でお会いして、自分が美濃の百姓の出ということもあって、親しくなっていったことを話した。

「それにしても、大変な決断をしたもんだ。これは命を懸けてのことになるぞ」

「はい、肝を据えて綿密に計画を立てております。ご側室と駆け落ちという大罪を犯すのですから……、わたしは必ず、お多恵さまを幸せにします。ただ、事が発覚すれば、直ちに、追手を差し向けることが必然ですし、捕まれば二人とも斬殺されるでしょう。追手から逃れるための苦難の逃避行を覚悟しなければなりません。それと、文にもありますように、こちらさまに累の及ぶことだけが心配なのです。こちらにも追手が差し向けられてご両親さまは捕縛され、厳しく追及されて如何なる処罰をくだされるか分かりません」

「うんだな、多恵もそう書いておる。わしらもしょっぴかれて詰問されるじゃろうな。あの殿のなすことはまったく非情じゃからな、わしらの命も危うくなるだろう、恐ろしいことだ」

「それで、お多恵さまと相談して、ご両親さまに移住してもらおうと考えたのです。私の知り合いの雲林寺の智然老師さまにお願いして、田瀬《たぜ》に住まいを探してもらいましたので、そこに移っていただきたいのです」

「たぜとは？　はて？」

「美濃の田瀬です」

「ああ、付知川《つけちがわ》の上流にある田瀬か、土地の名は聞いたことがあるが、まだ、行ったことがねえ」

「早速、苗木の智然老師さまに会って田瀬の家を見ていただき、承諾いただけたら、お多恵さま宛に、時候の挨拶と暮らし向きの文の末尾に承知したとだけ書いて、ご返事を送っていただきたいのです。文がお多恵さまに渡る前に、他人に見られる心配もありますから、移住とか田瀬や美濃のことは絶対に書かないで下さい。ことは急ぎますので、宜しくお願いいたします」

新吉は、道すがら何度も繰り返し考えてきたことを一気に話した。

それから、この事は絶対に口外しないでほしいことと、この文は他人に見られると大変なので、読み終えたら必ず焼却してもらいたいこと、さらに、田瀬に移ることは、どなたにも内密にしてほしいと重ねて告げて、預かってきた二十両の金子を渡して帰った。

突然のおごとに、伊助は戸惑っていた。早急に対処しなければならなかった。だが、事前に露見すれば二人の命に係わるので、絶対に他言してはならないし、口の軽い女房のきぬには、このことは、しばらく伏せておこうと思った。

仕事のことで、明日、美濃に行ってくると、きぬに言うと、

「何でこんな真冬の時期に出かけるんだや、滑って転んだら、てえへんだべ。雪が融けてからにせいや」

と愚痴をこぼしていたが、事は急を要していた。

悠長にしてはいられないので、伊助はきぬを無視して旅の準備をしていた。

翌朝、まだ暗いうちに旅仕度をして雪道を苗木に向かった。中関から苗木までは八里ほどだが、雪の山道なので日暮れ近くなった。

まず、苗木城に近い雲林寺に智然和尚を訪ねた。雲林寺は苗木藩主遠山家の菩提寺で、立派な山門を構え曹洞宗の大きな寺だった。智然和尚は、この寺の住職で気品のある老師であった。

(明治初期に政府の神道国教化政策を受けて苗木藩士青山景通《かげみち》が神祇官権判事になり、彼の指導で藩内の寺を廃止し、寺院堂塔や仏像などを焼却、あるいは埋設処分するという廃仏毀釈《はいぶつきしやく》を強力に推し進めたため、雲林寺も寺院が取り壊され、藩主の墓石のみを残すだけになってしまった。)

伊助が寺務所で来訪を告げると、老師は、僧侶にすぐに奥の方丈《ほうじよう》に案内するように言った。

「伊助どのか、よう来られた。事情は新吉からすべて聞き申した」

「お初にお目にかかります。このたびは親身になって、お取り計らいいただき、有り難く存じます」

「新吉は、わしの教え子で正義感の強い信頼できる男じゃ、お信じなされ。ことは重大事ゆえ遂行した後、貴方がたに累の及ぶことを、新吉と多恵さまが大変心配してますので、早速、住まいを手配いたしましたのじゃ」

「藩内にいてはわたしどもの命も危うくなりますので、移住を決断いたしました」

「新吉は、できれば苗木藩の領地にと望んでおりますでな。領地内にと探しましたところ、ちょうど手ごろな家が見つかりましたのじゃ」

「お手数をお掛けして、誠に申し訳ございません」

「檀家の知り合いでな。ご両親が亡くなって、そのひとり息子が人物を見込まれて、名古屋の大きな紙問屋の美濃屋の婿に迎えられたんじゃ。それで、しばらく空き家になっておって、譲り受けたい人を探しておったんじゃ」

「それは、わたしどもにとって願ってもない好運なお話で」

「恵那郡の田瀬にあり、山間《やまあい》じゃが適当な田畑《でんぱた》もありますでな。うちの僧に案内させますで、早速、ご覧になってくださいい」

「是非、拝見させていただきます。有り難うございます」

「ここのお殿様は領民のことを考えて施策を講じられる立派な方でな、一万二千石の小藩なんで藩の財政が貧しく、新田開発や楮《こうぞ》の栽培を奨励しており、実質は一万六千石あるという話ですわ。特に、美濃の特産の和紙に着目されて、楮の栽培農家を募っており、こちらに移住される方を歓迎しておるんじゃ」

「楮の栽培は経験がありませんが、土地の方にご指導いただければできると思います」

「楮は桑科の植物でな、元来、山に自生していたもので、やせ地でも生育し、寒さ暑さに強い植物なんで栽培は簡単じゃよ。紙漉《かみす》きは相当の経験が必要なんだが、武儀《むぎ》の方で専門にやっている者がおるから、紙の原料になる白皮《しろかわ》をつくるだけでよいのじゃ。秋に楮の若木を刈り取って外皮を剝《は》ぎ、蒸して叩いて繊維をとりだし、晒して紙の原料の白皮に加工するのじゃが、これも檀家方にでも指導をお願いすれば、ここの領民はみな親切でな、喜んで指導してくれるじゃろう」

「案内する僧を呼びますでな、では後ほど」

智然老師は、若い僧侶を呼んで、田瀬に案内するように申しつけた。

伊助は、若い僧侶と並んで、山路を上っていった。

案内された土地は、付知川が近くを流れ、木曽の山並みの彼方《かなた》にひときわ高く白雪に輝く信仰の山、御嶽山《おんたけさん》が望まれ、まことに風光明媚なところであった。

家は施錠されていたので、家の周りを見て回ったが、かなり大きな農家で中関の家より数段立派であった。伊助は大変気に入った。

寺に戻る途中、案内してくれた僧侶が、この土地の人は人情が厚く面倒見がいいことと、美濃紙は文書や経本《きようほん》の紙、障子紙、傘紙と需要が伸びており、その原料の楮の白皮も高値で売れることなどを話してくれた。

寺に戻り、再び、智然老師に会って、

「大変よいところを、ご紹介いただいて感謝しております。あの家に決めました。有り難うございました」

伊助は、丁寧に謝意と承諾の意を述べた。

「持ち主との交渉はどのようにすればよろしいので」

「美濃屋さんの住まいはこれに書いてありますで、貴方のお住まいも伺いたいのじゃ。わしが美濃屋さんに書状で紹介しますでな」

「畏まりました」

早速、伊助は村の住まいを書き渡した。

「交渉はご本人同士でおやりなされ」

「分かりました。わたしも早速、美濃屋さんに譲り受けたい旨の書状を送って、交渉を進めたいと思いますだ」

「早い方がよろしいな」

伊助は、相手の住所を書いた紙を大事にしまって、寺を辞そうとすると、

「これから、中関に帰られるとなると夜中になりますな、道中は危険じゃから、今夜は宿坊にお泊まりなさい」

と老師が引き留めた。

「そうさせていただけると、助かります」

伊助は、若い僧侶に宿坊へ案内されて荷を解いた。

ふと、お寺さんに来て、ご本尊さまにお参りしてないことに気づき、若い僧侶にご本尊さまを拝礼したいと告げて、本堂に案内してもらった。

立派な天蓋《てんがい》が吊るされ本堂の中央に等身大の釈迦如来像が両脇に菩薩を伴って安置されていた。伊助は、まず多恵と新吉の逃避行が無事に決行されるようご加護いただきたいと祈り、併せて、ご老師さまの計らいとお導きで大変良い家と土地にめぐりあえたことを感謝して祈った。

宿坊で休みながら、中関とはそんなに離れていないし、とても生活環境のよいところだと思い、「ここなら、きぬも文句を言わねぇべ」と独り言をいった。

翌朝、朝餉《あさげ》をいただき、老師に礼をいって別れた。晴ればれとしたよい気分で帰りを急いだ。

苗木藩は石高の小さな城持ち大名だが、藩主遠山氏は江戸詰め以外は苗木の小城に住み、植林と新田開拓を推進させる善政を布《し》いて倹約令を出し、自らも実践していたので領民の信頼が厚かった。伊助が移住を決めた時にも、働き手として移住してくる農民を歓迎していた。

東海地方では高山藩の転封、黒野藩、揖斐《いび》藩、関藩の廃藩、美濃清水藩の改易と幕府の大名潰しが相次ぐ中で、この東海の地で唯一の外様大名として、明治四年の廃藩置県まで生き残ったのも、幕府にその口実を与えなかったからであった。

（苗木城は木曾川右岸に建てられた山城で、川面から天守までは百七十メートルあり、赤壁城とも呼ばれ、中津川市苗木にあり、城跡は国の史跡に指定されている。）

それに引き比べて飯田藩では、初代親昌の藩政を推進していた重臣たちが去り、森林資源に頼って伐採による自然破壊がおこっていた。

昨年の大雨で洪水に見舞われ、その上、害虫の発生で農作物の被害が大きく、領民は飢餓と貧困に喘《あえ》いでいた。藩主親賢は、困窮する領内を省みず、江戸家老の諫言にも耳をかさずに、江戸にあって遊興に耽けり、家老が両替屋や御用商人から多額の借金をして賄っていた。

領民の不満は一揆になって爆発し、それを力で押し鎮めようと関係者を容赦なく死罪にしていた。心ある藩士は、藩の改革を強く望んでいたが如何ともしがたいのであった。

伊助もこの藩にうんざりしていた矢先だったので、移住の話は渡りに船であった。だが、毎月の手当を期待しているきぬを如何に説得するかが問題であった。

苗木から帰った夜、きぬには多恵の件は伏せておいて、美濃の恵那郡に引っ越すことにしたと話した。

「なんでだや、突然どうしただぁ。多恵がお世話になって藩からお手当をいただいているちゅうに」

きぬは大層驚いていた。

「苗木藩の菩提寺のご老師さんが、大変よい家と田畑を見つけてくれたんで、承諾してきたんだ。けど、この家はこのままにして置くで、だから移住のことは誰にも話さんでくれや。頼むぞ」

「わしに相談しねえで、どういうことなんだや。この年になって、知らん土地に行って苦労したかあねえでや」

「苗木藩では開拓に力を入れて人手を求めているんだ、ご老師さまの話では、人情の厚い土地柄だちゅうから心配ねえで。あっちで楮の栽培をやってみようと思っとるんや」

「そんなぁ、やったこともねえのに、出来っこねえで」

「まあ、家を見てくれや。持ち主と交渉がまとまったら、連れて行ってやるで」

伊助は、突然の話で、きぬを納得させるのは無理だ考え、話を打ち切った。


数日後、持ち主から、譲りたいので二月十七日の午後に田瀬の家で会いたいという書状が届いた。

「話がとんとん拍子にまとまり、幸先がいいな」

伊助は、読んだ書状を懐にしまいながら独り言をいった。多恵のことを考えると、きぬの不満を無視して、早急に事を進めるしかなかった。

当日、朝早く、蓄えてある金子と多恵からの二十両を腰に結び、蓑を着て出かけた。雪を踏む藁靴《わらぐつ》の音が規則正しく伊助を鼓舞するように響いていた。薄暗かった山道も次第に明るくなり、日が高くなるにつれて雪道が眩しくなってきた。

伊助は、開けた山路に出てひと休みして握り飯をほおばり、多恵の心情を思い、多恵がやっと摑んだ幸せをなんとしても成就させてやろうと心に決めた。


田瀬の家には、すでに相手の若旦那が手代《てだい》を連れて待っていた。

「お初にお目にかかります。私は下伊那郡中関の伊助と申しやす。ご老師さまにご紹介いただき、有り難く思っておりやす」

堅苦しい挨拶をした。

「美濃屋信蔵です。長く空き家にしておりまして、家のことが心配でしたが、よいお相手を見つけていただき感謝してます。人が住んでないと家が傷《いた》みますからな。どうぞ、じっくりとご覧になって下さい」

話しっぷりもゆったりとして誠実そうで、若旦那の風格がにじんでいた。伊助は、信蔵の案内で部屋を丁寧に見て回った。

手代が座敷に机をだしてくれて、伊助は若旦那と向かい合って座った。

「部屋数も多くて誠に結構な家ですな、わしらにはもったいないくらいで。家具なんかもそのままにしてありますが」

「はい、名古屋の親が古い家具類なんか持ってくるなと言いますので、わたしは、あちらに身ひとつで参りました。使える物はお使いいただき、不用の品はお捨てください。家も今のところは、手直ししなくてよいと思います」

「奥の部屋に神棚が飾ったままになっておりますが」

「はい、仏壇は名古屋に持って行きましたが、神棚は、この家の守り神を祭ったものですから、この家についているものとして手を付けずに置いてあります。あなたに家が移っても、家と同様に、神棚も大事になさってください」

「分かりました。このまま住まわせてもらい、家具類も使わせていただきます」

内密に引っ越さねばならないから、家財道具を如何にして運ぼうかと思案していたところだったので、家具付きの家に入れるとは、何と好運なことかと思った。

あまり金銭にこだわらない若旦那で、家と畑を割安で譲ってくれたので持参した金子で充分に間に合い、譲渡の証文をしたためてくれた。

「ほんに安堵しました。有り難うごぜえます」

伊助はこんなに早く移住が決まったことが嬉しく、多恵も安心すると思った。

「楮の栽培をなさると聞いておりますが」

「ええ、初めてのことなので少々不安ですが、頑張ってみようと思っておりやす」

「土地の方が、指導してくれますから、大丈夫ですよ。あの畑では、以前も楮を作っておりましたんで、株が二十本ほど残っています。もう、植え替える年数になってますが、それでも、古い下枝を切れば、新しい若枝が生え揃いますから、それを刈り取ればいいですよ。楮は強い植物ですから大丈夫ですよ」

「有り難うごぜえやす。これから、名古屋にお帰りで……？　暗くなりますなぁ。夜道は危のうごぜえますで、気をつけてくだせい」

「いや、今夜は途中の温泉に一泊して帰ります。来るときも温泉に泊まったんですよ。今の時期は、ちょっと暇ですから良い静養になります」

側で手代が相伴《しょうばん》にあずかれると、笑みをうかべながら聞いていた。

伊助は、早速報告しに雲林寺に向かって智然老師を訪ねた。

「おかげさまで、若旦那と家の契約を済ませてきました。思いの外安くお譲りいただきまして助かりました。こんなに早く、決まるなんて思いませんでした、ほっとしております。ご老師さまのおかげで、本当に、有り難うございました」

「それはよかった。美濃屋さんは大店《おおだな》ですからな、家を引き継いでいただければ喜んでいなさるでしょう。信蔵さんは温厚で人柄がよいので長くおつき合いなさるとよいですな。ところで、今からお帰りでは大変ですから、今夜も宿坊にお泊まりなさい」

「是非、そうさせていただきます。ところで、ご老師さまに折り入って、ご相談したいことがあるのですが」

「遠慮なくどうぞ」

「私が飯田領からこちらに移住することは内密にしておきたいので、中関の庄屋には何も話さないで、そっと消えるつもりです。ですが、こちらでの人別《にんべつ》を如何したらよいかと思案してます」

「それは、賢明ですね。事が発覚すれば探索が入りますからな。わしに名案がありますんで、明日まで待って下され」

「分かりました」

「今夜の部屋は、旅の僧と同室になるんじゃが。よろしいかな」

「ええ、結構でごぜえます。宿坊にゆく前に、ご本尊さまにお参りしたいので」

老師は、庭にいた寺小姓を呼んで、伊助を本堂に案内してから宿坊にお連れするように告げた。

ご本尊の釈迦如来の前に座って、こちらに移住することに決めたことをご報告し、移住後も安泰に過ごせますようにと祈り、さらに、多恵と新吉が無事に御殿から抜け出せますようお守り下さいと祈願した。

ご老師の言われたように、宿坊には一人の中年の僧が座っていた。

「御免なすって、伊助と申します。今夜はご一緒なんで、よろしくお願いします」

同室の僧侶に自己紹介した。

「良念です。奈良の大安寺から参りました。よろしくお願いします」

「ほう！　奈良から遠路を、こちらまで」

「はい、写経用の紙を求めて美濃に参ったのですが、ご老師に会いたくてこちらまで足を延ばして来ました。経本にはここの美濃紙が一番でして、何よりも筆の運びがよいことと、破れにくいことです。経本は読み上げるたびに手を触れますので、強靭《きょうじん》な紙でないといけませんからな、寺に出入りの経師《きょうじ》屋連は、この美濃紙を欲しがっておりますよ」

「ああ、さようで、わたしは老師のご紹介で、こちらの田瀬に移住することになりやして。楮を栽培して美濃紙の原料の繊維を取り出す仕事をしようと思ってますで。紙漉きは、専門の業者がいるのだそうで、美濃紙の原料づくりだけですが。何分、楮の栽培は初めてなんで、土地の方々にご指導をお願いして、やってみようと思ってますだ」

「それは結構な仕事を見つけなすって、よろしいですな。この地の方々は親切なんで、指導を受けてやり遂げられますよ。頑張っておやりなさい」

「美濃紙が優れているというお話を聞いて、とても意欲が湧いてきやした」


翌日、朝餉を済ましてから、老師に呼ばれた。

「人別のお話ですが。恵那郡の高山に寺領がありましてな、伊助さんの家族がそこで百姓仕事に従事していて、今回、高山から田瀬に引っ越したことにしてはどうかと思いましたのや」

「いやー、そういう便宜を図っていただいて、有り難いことです」

「来年は人別改めがありますから、お名前を宗門人別改帳《しゅうもんにんべつあらためちょう》に記しておきましょう。人助けの方便は、仏法でも許されますからな」

老師は、穏やかな笑顔で言った。

「それは、大変に有り難いことで、助かります」

「こちらの庄屋宛に一筆書いておきましょう。顔出しするときに持参して下さい」

書状を大事にしまって寺を辞して、帰りを急いだ。

多恵と新吉は、首を長くして返事を待っているだろうから、一時も早く田瀬に家を求めたことを知らせて、安心させてやりたかった。

日が傾きかけたころ、家に戻った。まず、きぬに家を求めて金子を払って契約を終えたことを話した。

「そったにせっかちに事を運んで、どうしたんだや。誰かに騙されてんじゃねえのか。慌ててやってはだめだで」

きぬは、なかなか納得してくれそうにないのだが、多恵の気持ちを考えると、そんなに悠長に構えてはいられなかった。

その夜きぬが寝てから多恵宛に〈元気で総て了承した〉とだけ文にしたため、翌日、町の飛脚屋まで出かけて御殿の多恵に届けるように頼んできた。

寒気が少し緩んできたので、伊助は、きぬと一緒に田瀬の家に行って見ようと持ちかけた。

「田瀬の家はおらたちのものになっただからな、見てくれや。田瀬は恵那山の向こう側だから八里ほどだが、おきぬと二人旅だから山道を休みながら歩いてかなりの時間がかかると見なければなんねえだな。あっちの家に泊まることになるで」

伊助は五、六時間で行けるのだが、きぬを連れて雪道を行くので、日暮どきになるかも知れないと考えた。

「雪の山道は疲れるでな、まぁだ寒いのにさ、まったく大変なこったなや。帰《け》えるのも難儀だしなぁ」

きぬは、膨《ふく》れっ面をして言った。

「おらが付いて行くんだから大丈夫だで、心配せんでいいだぁ」

伊助は、きぬが田瀬行きを拒まないように、気遣って言った。

「あっち家さ布団はあんのか?」

「大きな家だで家具はあるし、立派な布団があっただ。全部譲り受けたんで、勝手に使っていいんだ。まあ、当座の食い物と寝間着ぐらいを持って行けばいいな。けんど、どうせ行くんなら大事な物を持って行って置いてこようと思うんだや」

「この時期、山歩きは気が進まねえけんど、仕方ねえだなや」

しぶしぶながら承知した。

きぬには、苗木の家を見に行くだけだと言っているが、伊助は、伊那を捨てての逃避行がねらいなので、きぬを連れて家には度々戻れないので、必要な物は持てるだけ多く運ぼうと考えていた。二月二十日の早朝に、きぬを連れて田瀬へ行くことにした。

「明日は田瀬に行くだよ。道のりは長いで朝早く出るから、今晩、二人分の握り飯ば作って、冷めないように寝床に入れておいてくれや」

人に見られずに立ち去りたいので、夜明けとともに出かけようと思っていた。

当日、伊助は、まだ暗いうちに起きて外に出てみた。満天の星空であった。だが、かなり厳しい寒さだった。きぬを起こして早い朝飯を終えた。さっさと荷をまとめてから、

「飯釜《めしがま》や茶碗は、そのままにして、さっさと身支度しろ」

きぬを急《せ》かした。

伊助は、逃げたことが悟られないように、家の中を片付けず生活が続いているように見せようと考えて、肌着を軒下の竿に掛けた。

「出かけるっていうに、何でそんなものを竿に掛けるんだや」

きぬは、日ごろはやらない伊助の所業を不審に思った。

「ああ、さっきこれに水ばこぼしたんだや、干しておいて帰ったら取り込むで。さあ、用意ができたら、そろそろ出かけるぜ」

雪は降ってないが蓑をつけて寒さを凌《しの》ぎ、手拭いで頰かぶりをした。きぬは握り飯を多めにつくって持ち、伊助は大きな籠を重たそうに背負って出かけた。

山慣れしているきぬも、雪道なので難儀をし、凍り付いたつづら折りの坂道では

途中で何度も休んだ。きぬは、背負った握り飯が重くてやりきれないとぼやくので、腹に入れれば軽くなるからと早めに昼にした。

急峻な大平峠を越えたあたりから視界が開けてきた。

ようやく妻籠《つまご》の宿場に着いた。この時期でもさすがに、この宿場は人の往来があり、茶店に入って一息ついた。

「疲れたぁ、疲れたぁ」

きぬはぼやきながらも夫に寄り添って、めったにない夫婦旅を楽しんでいるようすだった。

陽が傾きかけた頃、木曽川の清流沿いに、白雪をいただく御嶽山と木曽駒ヶ岳を仰ぎ見て、きぬの足も軽やかになってきた。

白銀の飛騨と木曽の山々が夕日に染まる頃、ようやく田瀬の家に着いた。

「あーあ、くたびれたなぁ。一日がかりだったなや」

きぬは、腰を伸ばしながら家を見ていた。

「ご苦労だったな。家にへえってゆっくりすべぇ」

伊助は、きぬの顔色を窺《うかが》うようにして言った。

きぬは意外と機嫌がいいようだ。

庭には裏山からの引き水が流れ、洗い場がついていた。

「ああ、冷てえー、けど、さっぱりしていい気分だや」

二人は、この清水で顔と手足を洗い、口をすすいで家に入った。きぬは、すぐに部屋を回って戸棚を開けて見ていた。

伊助は、居間の囲炉裏に小枝を入れて火をつけ炭を載せながら、やはり女の眼は家と庭、そして家具なんだなと、きぬの所作を見ていた。きぬは疲れを忘れて、押入れまで開けて、「これはいい」と独り言をいっていた。伊助はこれを耳にして、何とか移住もうまくいきそうだと、にんやりとした。

「ほんに大きい家だなや。座敷も広くて綺麗だしな。庄屋さんの家みてえだや」

きぬは満足そうに言った。

「囲炉裏も大きくて、ゆったりしてるでな。少し座って休めや」

伊助は囲炉裏に手をかざしながら、きぬに言った。

「土間も広くて竈《かまど》も立派だし、台所には鍋、釜もあるしな。中関の家の古くさいのは持って来なくていいな」

「ああ、古いのはいらねえ。押入れには寝具も揃ってるな。みなおらの家のより上等だ、ふわふわしてるでや、今夜はぐっすり寝れるべぇ。けど、この家の人は、なんで全部置いていったんだや。夜逃げしたんでねえのが」

「ばか言うでねぇ、村でも知られる金持ちの家なんだぞ。両親ともに亡くなってな、ここのひとり息子が名古屋の紙問屋に婿に迎えられたんだや。あっちは豪商でな、大金持ちだから古い家具など持ってくんなって言われたんだとよ、そんで、家具は全部ただで譲ってくれたんだ」

「何もかも、うちのよりいい物だなや」

「中関の古物は、放って置いていいだ」

「けど、でえじな着物などあるでや」

「必要な物だけ、後でゆっくりと運んでくるだ」

「ああ、そうしてけれ。ひと休みしたら、夕飯の支度にかかるか」

「米、味噌などの食料は、背負ってきただからな。おらが米を研《と》いでくるで」

伊助は荷を解きながら、きぬのご機嫌とりをしていた。

「まず、湯をば沸かすか、棚に鉄瓶もあるでな」

きぬは、鉄瓶に水を汲んできて、囲炉裏の自在鉤《じざいかぎ》にかけた。

「ここでの暮らしはいいぞ。ご老師さまやご近所の家を訪ねて、お前を紹介したり、ここの庄屋さんにも挨拶に行かなきゃなんねえからな。そのつもりで、挨拶回りの手拭いも買ってきたし。米、味噌も当分足りるだけ持ってきたんだ」

伊助は、きぬがここの家に納得してくれたことで安心した。多恵の件は三月に入ったら話そうと考えていた。釜に米を入れて、外の洗い場に行った。

「おい、水加減は、これでいいか。ちょっと見てけれ」

釜を竈にのせて、きぬを呼んだ。

囲炉裏の火を囲んで、この家での最初の夕餉をとった。

「おら、ここで、ひと旗あげる積もりだでな。明日から、挨拶回りに行くぞ。まず、雲林寺のご老師さまだな、それとこの村の庄屋さまに行くべ」

「そんなに急がなくてもいいでや」

「こういうことはな、家に入ったらすぐにやんねえと、よそ者が空き家に入り込んだと不審がられるでな。庄屋さまは村人をまとめていなさるで、老師さまがわしらは高山の寺領の百姓で、今回、高山から田瀬に引っ越してきたことの紹介状を書いてくれたでな、早速持参しにゃなんねえだよ」

「忙しいこったなや」

「この村の人は皆んな気性のいいと、ご老師さまが言うていたけんどな、たまには他藩《よそ》から来たよそ者を毛嫌いする人もいるでな。飯田領から来たことは人に言うなよ、絶対に内緒だぞ。聞かれたら高山の寺領から来たと言うんだぞ。高山からだぞ分かったか。違ったこと言うと老師さまに迷惑ばかけるでな」

伊助は、ここに移って来たことが飯田藩に知られるのを極力恐れていたので、挨拶回りの前に、きぬにこのことをしっかり伝えておくのが大事だと思って、念を押すように言った。

「くどいなぁ、分かったよ。けど、そったら嘘ついてもいいのか」

「雲林寺のご老師さまが認めてくれたんだ」

翌日、きぬを伴って雲林寺に老師を訪ねて妻を紹介して入居の挨拶をした。その脚で庄屋の右衛門の屋敷に行って、老師の紹介状を渡して、美濃屋さんの跡を引き受けたことを伝えた。

次の日からご近所と村のおもだった人たちに引っ越しの挨拶をし、楮の栽培ではご指導いただきたいとお願いしてきた。ご近所といっても一町も二町も離れているところもあり、その上、この地の人は、話し好きなので時間がかかり、毎日続けての挨拶回りで、きぬも疲れていた。

一通り挨拶回りを終えたころ、近所の人が味噌汁の具にと野菜を持ってきて、「お近づきの印よ」と置いていった。

「この村の人たちは、会ったばかりなのに気さくでいい人ばっかりだで安堵したでや。ここでの暮らしもいいなや」

きぬがこの地の自然の豊かさと、人情味のある土地柄が気に入ってくれたことに伊助は安堵した。

中関の村人に引っ越し荷を運ぶ姿を見られずに済むことは、真に好運であったと胸を撫で下ろした。

「おら、ここに腰を据えて、楮の栽培にかけるで」

伊助は、張り切っていた。

「けど、中関の家は、どうするんだ」

「あっちは、そのままにして置くだ。まあ、おらの別宅だや」

「多恵にも、引っ越したことを知らせねばなんねえな」

「うんだな」

伊助は頷《うなず》いたが、この切羽詰まった気持ちを知らずに、きぬが気楽にのほほんとしていられるのがうらやましかった。

「ただ、お手当を受け取りに行かなきゃなんねえな。届けられんのは月末だからな」

「手当を届けに来る頃に行ってるだよ。そんとき、ここで必要な農具や野良着など取ってくるでな、お前も必要な物を書き出しておいてくれや」

「うん、やっぱり要る物がいろいろとあるな。まあ着物だな。家具類は、いらねえよ。持って来るのがてえへんだでな」

「手当は多恵の犠牲のおかげなんだでな」

「お手当がへえっていたから何とかやって来たけんど、苦しかったでや」

「飯田の百姓はみんな貧乏なんだ。藩の財政が苦しいんで、洪水の跡の復旧も進まずいるだ。領民は困窮して今にも一揆が起こりそうな気配だで。おらは飯田よりこの田瀬の方がずっといいと思ってるだ。ここは将来に希望が持てるんだで」

「けんど、やったことねえ仕事をはじめるのは不安だなや。楮のつくり方も知らねえんじゃ頼りねえだ。ほんに、でえじょぶなんだかや」

「大丈夫だぁ。楮の植え付けなどは、村の人に教わることにしているでな。みんな、喜んで教えてやると言うてくれてるでな」

伊助は、笑顔で自信ありげに言った。

「まあ、お手当がへえるから、なんとかなるか」

伊助は、きぬがここの生活を一応納得してくれたことで胸を撫で下ろしていた。

だが、多恵のことが心配でならなかった。

下手に動くとまずいことになると思われるし、送った文が見られる危険を感じたので、多恵には田瀬に移ったことを知らせずにいた。藩士が手当を届けに来たとき、留守にしていては不審に思われると考え、その頃合に中関に行ってようと決めていた。

老師が言うように、決行は桜が咲く三月中旬になるのだろう。それまでは、まだ日があるので、藩士が来たときに藩内の出来事が聞けると思って二月二十五日に行くことにした。

「藩からのお手当を受け取りに中関に行ってるだが、家の片付けもしてくるから二、三日居て来るぞ」

伊助は、きぬに軽く言って出かけたが、頭の中では多くのことが渦巻いていた。歩いているうちに、東の空が白々と明け始め、朝霞のたなびく木曽の山の稜線がくっきりとして朝日に輝く白銀の木曾駒ヶ岳が浮き上がって見えた。三度の往復ですっかり慣れ、景色を楽しむ余裕が出て足どりも軽くなっていた。

中関の家は変わりなかった。まず、きぬから頼まれた衣類を箪笥《たんす》から取りだし、野良着と一緒に風呂敷にくるんだ。納屋から農具と穀物を出して土間にまとめて置いた。

いざ運びだそうと手をつけてみると、あれもこれもと荷物がどんどん増えて、とても背負籠《しょいかご》だけでは運びきれない。納屋の横に置いた手押し車を出して荷を積んだ。この車には車輪の横に竹橇《たけぞり》を取り付けられるようになっており、橇として雪面を引くことができ、田瀬でも使えると思った。

予定通り月末になって、藩士が手当を届けに来た。

「いつもご苦労さまです。御殿では何事もなく平穏にお過ごしでござえますか」

平然として尋ねた。

「江戸のお殿様も、御殿の方々も変わりがない」

ぶっきらぼうに平凡な答が返ってきた。

殿の国帰りはまだのようだ。下級武士には城内の詳しいことは分からないだろうが、変わりがないという返答は、事が順調に進められていることに違いないと、伊助は安心した。

翌日、お世話になった庄屋の忠兵衛とも、会えなくなるので挨拶して行こうと川沿いの道を歩きながら、この道ともお別れだなとふる里を捨てるわが身を思って、胸が熱くなった。

ちょうど忠兵衛は庭先に出ていた。

「ちょっと、町まで来たもんだから、お寄りしましたで」

「やあ、伊助さん、しばらくだな、お達者で何よりですな。おきぬさんもお変わりなくお過ごしか」

「おかげさまで、元気にしておりますで。多恵も御殿での生活は分かりませんが、変わりなくやってると思ってますのや」

「寒いから、どうぞ、お上がりくだせい」

「失礼して、上げてもらいますで」

大きな囲炉裏をはさんで対座した。

「寒いんで、軽く一杯やりますか」

忠兵衛は女房の弥栄《やえ》を呼んで、酒の用意をさせた。

「どうも、どうも、ありがてえ、遠慮なくご馳走になりますだ」

「久しぶりに会えたでな、ゆっくりしていってください」

「こんところ、顔を合わせるたびに不景気な話ばかりでな。皆、困ってますで」

「殿はお江戸で、大きい声で言えませんが、派手にやっているという噂ですよ。藩の財政など眼中にないんですな、民は干上がってますになぁ。どうもあの殿は頂けませんな、月末には国帰りするでしょうが」

「もうちっと、わしらのことを考えてもらわんとな。年貢を取り上げるだけでは、いけませんわ。百姓の困窮を知らんでな」

「村役が何んもしてくれねえと、不満の鉾先《ほこさき》が庄屋に向けられるでかなわんですな。民の不満が高まってますから、いつ爆発するかとはらはらしてますで」

「農民は、雑巾《ぞうきん》みたいに搾《しぼ》れば搾るだけ出ると思っとるで、まったく、やりきれませんなぁ。もう、あっちこっちで、一揆の噂が出てますだ。忠兵衛さまは領民の人望が厚いし、治める力があるんで心配いりませんがな」

「皆んな困窮してますでな。けど、伊助さんとこは、藩からのお手当が入りなさるんで、結構ですな」

「これも多恵が犠牲になった見返りなんで、あまり喜べんですわ」

近ごろは世間話に藩政への愚痴や領主への不平不満がおおっぴらに語られていた。

伊助は、この地を去る様子を素振りにも出さずに別れを告げた。帰りの道すがら、もずの鳴き声も別れの挨拶に聞こえ、世話になった忠兵衛とも別れの杯を交わして、胸のつかえが下りた思いがしていた。川沿いの見晴らしのいいところに来て、腰を伸ばして振り返った。

事が決行された後には、必ず、追手が踏み込んで探索することが想定できた。家に戻って、部屋は整理せず肌着を脱ぎっぱなし、庭の竹竿には、わざと洗濯物を干したままにし、流しには茶碗を水桶につけておいて、雨戸も閉めず、戸締まりもしないで、生活が続いている状態で、野良着でちょっと畑にでも出掛けているように見せかけておいた。

運び出す荷物は全部整えたが、つづら折りの山道を重い荷を引いていくことを考えて、晴れた六日目の朝、夜の明けきらないうちに人知れずに家を出た。

植え込みまで来て立ち止まり、家に向かって姿勢を正して、

「これまで、どうもありがとさんな」

頭を深くたれて手を合わせた。

父甚左衛門が、苦労して開墾して造りあげた棚田ともお別れだと思うと、目頭が熱くなった。

「もうこの藩内には戻れんだろうなぁ」

呟きながら、綱を肩に掛けて橇を引き、天竜川沿いの小道を登って行った。

また小雪がちらついてきた。有明の月明かりが道を照らしてくれているので、助かった。しかし、橇を引いて雪の山道を登るのは大儀であった。休みやすみ汗をぬ

ぐって、多恵のことを考えながらゆっくり橇を引いていた。

「多恵は、よく決断したな。山の神様、多恵の一途《いちず》な思いを遂げさせてくだされ、どうぞお願いしますだ」

立ち止まって、ふる里の山に向かって手を合わせ、祈りを捧げた。

神坂峠の急な坂では重い荷を積んだまま橇を引き上げることが出来ず、橇から荷を下ろし、小分けにして背負って運び上げ、何度も往復しながらようやく越えた。

田瀬の家に着いたときは、夕日が山々を赤く染めていた。

「あーあ、くたびれたやぁ」

「遅かったじゃねえか、二、三日って言ったに六日も何してたんだ。まったく一人で飯作っててたんか。いいおなごでも連れこんでたんでねえのか」

「馬鹿言うでねぇ。おお骨折って荷ば運んできたんだで、片付けに手間取ってな。おめえの頼んだ品と農具や食料を全部持って来たで、重くて恵那の山越えはまったく難儀しただよ」

「一度に運ばなくていいんだ、お手当を受け取りに毎月行かなきゃなんねえだからな」

「それもそうだな、けんど、すぐに必要な物があるでな」

「あっちの家ばどうだったや」

「ああ、変わりねえだ」

「どん百姓が家ば二つ持つんだや。別宅だなんて、いい気なもんだなや」

「けど、前にも言ったように、中関に家があるとか、飯田から移ってきたことは、絶対に人には言うでねえぞ」

伊助は再度、念を押して言った。事が決行された後、すぐに中関の家と新吉の実家が探索されるだろうから、田瀬への移住は飯田の者に絶対知られてはならないと、自らの心に刻み込んでいた。

伊助は、雪解けを待って畑を耕し始めた。

三月中旬には、多恵と新吉の恋の逃避行が決行されるのだと胸に迫るものを感じ、毎朝、白雪を頂く御嶽山に、ことの成就を祈って手を合わせていた。

逐電

一方、御殿では春めいてくるにしたがって、多恵も緊張の度が高まってきたが極力平静を装っていた。行動力のある新吉のおかげで準備は滞りなく済んでいた。多恵は、着替えの肌着や足袋《たび》などの包みと、蓄えておいた路銀を前もって新吉に渡しておいた。

二月に入った。新吉はもうちょっと暖かくなるまで待とうと言ったが、多恵は、新吉との仲が発覚することを恐れ、不安と焦燥から待ちきれなくなっていた。

二月堂のお水取りの終わった頃から日中はかなり暖かくなったが、朝夕は冷え込んでいた。

（江戸時代には、東大寺二月堂のお水取りは陰暦二月十三日に行われていた。）

多恵は、三月には殿が国帰りするから、その前に出ようと何度も言っていたが、新吉は、日が落ちてからの山中での厳しい寒さを知っているので、国帰りをするのは三月末だから、もう少し待とうと説得していた。

山にかかる雲の動きから天候を予知し、享保元年三月二十一日の夜明け前に決行することに決めた。

新吉は、厨から貰って蓄えておいた米で飯を炊き、さし当たって明日からの二人分の握り飯を用意しておいた。小屋に整頓して置いた持ち物を再度点検してから、明日の天気が気になって外に出て、二十日月《はつかづき》の夜空を見ていた。

月をかすめてゆるやかに流れる雲の方角を見た。

「よく晴れわたっている。この調子なら二、三日は晴天が続くだろう。今ごろ、お多恵さまはどうしているかな？　もう寝てるだろうか、気が高ぶって眠られないでいるのでは、明日から過酷な旅になるから、ぐっすりお休みよ」

心の中で、多恵のいる御殿の方に向かって語りかけていた。

一方、多恵は、奥女中たちが寝静まったのを確かめるように耳をすまして、御殿衣装を着たまま横になっていた。月明かりが部屋を照らし、気が高ぶり目が冴えきって眠れないでいた。

東の空が微かに明るくなりはじめた夜明け前、多恵は部屋をそっと抜け出して庭に出た。池に映った有明の月があまりにも明るく、多恵は誰かに見られはしないかと不安になりながら木陰に沿って歩いた。

打ち合わせの時間どおり、裏庭のいつもの木の下で新吉が待っていてくれた。多恵は新吉の手にすがって強く握った。無言のまま手を引かれて山路を登って小屋に着いた。

すぐに、多恵は、新吉が用意してくれていた野良着に着替え、手甲《てっこう》、脚絆を付けて手拭いで頬かぶりをして百姓姿に身をやつし、前日に用意しておいた風呂敷包みを背負い、新吉が作っておいた小振りの樫《かし》の棒を杖《つえ》にして立っていた。

いよいよここを抜け出して命をかけた旅にでるかと思い、心の臓が音をたてて鼓動し脚が震えた。

新吉は、手際よく多恵が着替えた御殿衣装を菰《こも》に包み、柵の外の林に掘っておいた大きな穴に埋めてきた。

月明かりを頼りに、準備しておいた柵の隙間から二人とも御殿を抜け出し、新吉が柵の隙間を用意しておいた枝で丁寧に塞いだ。二人は途中の岩穴に隠しておいた蓑と笠をつけ、新吉は籠を背負って藪《やぶ》をかき分け、多恵の手をとって慎重に山を下りた。

追手が来ることを警戒して街道を避け山道を歩いた。ひとまず田瀬の家に身を隠そうと考えていたが、田瀬までの道のりは遠く田瀬のどの辺りに家が在るのかも分からないので、雲林寺に寄って田瀬の家を聞くしかないと思っていた。

山にはまだかなりの残雪があり、前途の多難さを覚悟しなければならなかった。


御殿では、朝方、お付き女中のお駒が多恵のいないことに気づいた。だが、朝の散策に出ているものと思い、屋敷に帰るのを待って朝の膳を運ぼうとしていた。

いつまでも帰ってこないし、部屋には御殿衣装もないので、御殿衣装のままいなくなったと奥女中に伝えて大騒ぎになった。

お女中たちが裏庭に出て、林の中や山の方まで探し回った。昼近くになっても見つからないので、山で自害しているのではとか、池に落ちたのではと言う者もいた。

奥女中が国家老にこのことを伝えると、国家老はうろたえて奥女中たちを怒鳴りちらし、徹底的に探すように命じて、屋敷内を山の方まで探し回った。しかし、神隠しにあったかのように、その行方《ゆくえ》がとんと摑めなかった。

国家老は覚悟を決め、お多恵さまが行き方知れずになったことを江戸の殿に伝える書状をしたためて、藩士に託し馬を走らせた。

昼下がり山小屋まで探しに行ったお女中が、小屋に新吉がいないことに気づき、

「小屋にいるはずの下男もおらず、囲炉裏の火も消してあるので、下男がお多恵さまをさらって逃げたのではないかと思えます」

と国家老に伝えた。

今度は、藩士たちも動員されて裏山を徹底的に探したが、まったく、手がかりさえ見つからなかった。山小屋の中には、新吉の荷物は一つも残っていなかった。

翌日、お付き女中のお駒が、お多恵さまが下男と庭で話をしているのを度々見かけたと奥女中頭に告げたが、この奥女中頭は自分の責任になることを恐れて、ことを伏せてしまった。

お駒は、奥女中頭が多恵と新吉とのことを取り上げてくれないので、国家老に注進した。恋は思案の外とは言うものの、国家老には下男と側室が駆け落ちしたとは考えられなかった。きっと、下男が多恵さまをさらって逃げたに違いない。そのような下男を雇入れたことは、大きな責任問題になると青ざめていた。

国家老は急いで、下男の新吉がお多恵さまを拐《かどわ》かして逃げ、行方知れずになったと書状にしたためて藩士に託し、再び、早馬を乗り継いで殿に届けさせた。

殿は、最初に出された書状を読んで、

「お多恵が行方知れずとは、どういうことか。家老の奥向きの不手際なるぞ！」

大声で叫んだ。

翌日、藩士が二度目の書状を持参して上屋敷に来た。

江戸家老が殿に書状を手渡すと、ひったくるようにして読み、

「下男が側室を拐かすとは、不埒《ふらち》千万！　新吉とは如何なる男か」

殿は声を荒らげて叫び、さらに、

「男子禁制の裏庭に、男が自由に歩き回っていたとは不届きぞ！　新吉なる輩《やから》は側室を拐かして逃亡した重罪人だ。直ちに追手を向け、見つけ次第斬り捨てよ」

「多恵さまと一緒にいるかと思われますが」

「多恵はつれて参れ……。いや、自害もしない多恵も斬れ！」

この体面を傷つけられた事件に、怒りに唇を震わせて命じた。

殿の剣幕に江戸家老は、驚いて言葉が出なかった。

しばらくして殿は、

「これは城内の事件として、町奉行の助けを借りずに隠密に処理せよ。しかと申しつけたぞ。わしの国帰りまでに処置するよう国家老に伝えよ」

幕閣の耳に入ることを恐れてつけ加えた。

「ははぁー」

江戸家老は、これは大変なことになったと狼狽《うろた》えた。

早速、上級藩士に命じて、「二人を見つけ次第斬り捨てよ、ただし、事を隠密に運ぶように」との君命を馬を飛ばして国家老に伝えた。

以前の牛之介の事件が外に洩れて変な噂が広まり迷惑したことから、国家老も藩内で内々に処理しようと考えていた。

国家老は直ちに重臣たちを召集した。

「殿は隠密に処理し、二人を見つけ次第、成敗せよとのことだ。藩士だけで探索する手段を考えていただきたい」

国家老は、己の責任になると声を震わせて重臣たちに言った。

「多恵殿の実家や新吉の実家に逃げ込むか、新吉を紹介した雲林寺に逃げ込むことが考えられる」「通行手形をもたぬので関所を避けて逃げるだろうが、宿場に立ち寄ることも考えられる」「木曾福島の関所は女連れには極めて厳しいので、ここを避けて山の中を逃げているだろう」「いや、山にはまだ雪があるので、多恵殿を連れての山越えは無理だろう」「新吉は山の中に入って無理心中しているかもしれないぞ」などと、重臣たちは、それぞれが考えを出して論じ合った。

国家老の指示で、直ちに藩士を何組かに分けて探索に当たらせることになった。


国家老は、まず上級藩士の肥田龍成《ひだたつなり》を追手頭に任命し、君命を受けての探索であると命じた。追手は人数が多いと目立つので腕の立つ者を三人を一組として、多恵の実家の周辺の組、蛭川の新吉の実家と雲林寺の周辺の美濃探索組、中山道組、伊那街道組、遠州街道組、秋葉街道組の六組をつくることを決めて、信濃と美濃の宿場を重点に、女連れで歩ける範囲を探索することに決まった。早速、新吉と多恵のいずれかの顔を見知っている者を募り、人選し各組に組長を決めた。

「これは上意討ちなるぞ、心してかかれ」

追手頭は全員に命じた。

さらに、新吉の実家と雲林寺の周辺の探索組には、

「雲林寺内に踏み込むことはならんぞ。寺を探索するには寺社奉行の許しがいるでな。それに事が外に漏れるのを避けねばならんから、寺の周辺をそれとなくしっかり見張っておれ」

と注意して配置につかせた。

多恵の実家を見張る組には追手頭の肥田も入り、四人が早速駆けつけた。だが、留守で家中を探し回ったが、多恵が逃げ込んだ形跡がなく、隈《くま》なく家捜《やさが》ししたが多恵の御殿衣装も見あたらなかった。周辺の林を見回ってから、家に上がり込んで待つことにした。しかし、三日三晩待っても、誰も姿を現さない。

「おかしいではないか。流しには茶碗が散らばり、戸締まりもせず出かけたのか?」

肥田が不審に思い始めた。

「何もかも放り投げ、慌てて逃亡したに違いない。近くの百姓家に聞き込みに参ろう。だが、事は内密にせよとの御家老の命令であるからな」

四人の藩士は、手分けして、聞き込みに回った。

どの百姓家でも「まったく存じません」という返事だった。

「あの伊助さんのお宅は、娘さんが側室にあがった好運な人だと思ってたに、伊助さんの家で何んかあったんで?」

逆に尋ねられて、曖昧なことを言ってごまかして帰る始末であった。

「百姓の聞き込みでは埒《らち》があかぬ。わしは、庄屋のところに行ってくる、そちたちは家の中で待っておれ」

肥田が出かけて行った。

「伊助夫婦は、何日も家に戻らぬようだが、なんぞあったのか」

庄屋の忠兵衛に尋ねた。

「さあー、二十日ほど前、伊助どんが近くまで来たといって、うちに寄られましてな、そのときは何も言ってなかったですが。どちらに行かれたか存じませんで。通行手形の申請も出されておりませんでな。伊助どんに何か急用でもおありで」

忠兵衛は、藩士の突然の来訪に驚いた様子で尋ねた。

「別に、急用ではないが。存じておらぬならよろしい」

用向きを告げずに帰っていった。

伊助の家に戻った肥田は、家の中に多恵の持ち物などがないか、再度、押入れや行李《こうり》などの物を全部放り出して丹念に探させた。

「御殿の着物姿での逃亡は目立ちすぎるので、どこぞで着替えさせたと思われる。だが、ここに着物や持ち物がないとすると、ここには来てないと判断せざるを得ないな。いったん城に引き上げて御家老に報告しよう」

四名の藩士は、引き上げていった。

探索組全体の指揮をとっている追手頭は、伊助の家の探索を止めて、この組を新吉の実家と雲林寺の美濃探索組に合流させた。

一方、伊助は、三月になったので、多恵たちは計画を決行するのも間近だと思って、きぬに話すことにした。

「おきぬ、ちょっと話したいことがあるんだ」

「なんじゃね、あらたまって」

「実は、多恵が新吉という若者と手を取り合って御殿から逃げたんだ」

「えっ！　なんだって！　なしてだ」

きぬは仰天して、あとの言葉がでなかった。伊助は、きぬを落ち着かせてから、事のいきさつを詳しく話した。

「大変なことになっただや。見つかったら、殺されるだ。わしらも見つかったら大変じゃで、追手がやってきて追い回されるでや。なんちゅうこった。てえへんなことになったで。ああー、おら息が苦しい」

きぬは、青くなって胸を押さえた。

「多恵は命がけなんだよ。分かってくれや」

「なんで、早く言わねえんだ。そんで、こっちさ引っ越して来ただが」

きぬも牛之介事件を思い出して、なんとかして二人を守ってやらねばならないと思った。そして、中関の家を捨てて、この地に移ってきた理由も納得した。

四月初めに雲林寺の僧、英照《えいしょう》が伊助の家に来た。

「飯田藩では、新吉が老師の紹介で御殿に雇われたので寺に逃げ込むと思っているらしく、寺の周辺と新吉の実家を厳しく見張っているから、二人がこちらに来ても決して寺と、新吉の実家には近寄らないように、必ず、二人に伝えてくだい」

老師からの伝言をつたえて、急いで帰っていった。

「追手がこの苗木領まで入ってるんだ。多恵のことを絶対に口外するでねえぞ」

伊助は、きぬにきつく言った。

「二人はこの家を頼って来るだろうから、二人分の着替えを用意しておいてくれ」

「ここさは追手が来ねえのか」

「二人がここさ来るのも、おらたちがここにいるのも、飯田の者は誰も知らねえだよ。智然老師は、飯田の者には絶対にここを教えないと言っていたから大丈夫だや。けど、二人が田瀬に来てもこの家の場所を知らねえでな。田瀬で、わしらのことを尋ね歩いて、探して来るかも知んねえから、いつ来てもいいように家を空けないでくれや」

伊助は、新吉が本当に多恵を連れて逃げられたか、逃げるとき捕まったのではなかろうか、逃げる途中で殺されたんではないかと、あれやこれやと思い悩んで不安な気持ちで安眠できずにいた。

三月に入って、伊助は昼の握り飯持参で、付知川沿いに上流から木曽川への合流点までの田瀬地区を毎日見回り、二人の来るのを待っていた。

二人は御殿を抜け出して山道をかなり歩いた。新吉は、御殿と実家の美濃を何度も行き来しているので、この辺りの地理は心得ており、関所を通らぬ裏道も知っていた。危険を避けて遠回りするので、細い坂道を藪漕ぎしながら上り下りしなければならなかった。多恵は、喘ぎながら脚を引きずるようになっていた。

もう、日は傾きかけてきた。谷を下りて水場を探しあて、草地に腰を下ろして冷たい握り飯と魚の干物をかじって昼飯をとった。山おろしの風に山桜の花吹雪が舞い、渓流を花いかだが流路にそって運ばれていった。

新吉は二人も流れに身をまかせている花びらのような気がした。だが、多恵には弱気は見せまいと思った。

「お多恵さま、疲れましたか。今夜の寝るところを探さねばなりませぬな」

「山歩きは慣れてるけど、まだ雪道だし藪漕ぎはとっても難儀ねぇ」

多恵も疲れて本音が出た。

所々に残雪のある険しい南木曾《なぎそ》の山中を、多恵は盛んに汗を拭き息をはずませながら、新吉だけを頼りに、杖をつき新吉に手を取られて歩いてきた。

「日が暮れてから寝るところを探すのは難儀だから、頑張りましょう」

渓谷に沿って西に向かう道に入った。この渓谷にはよく陽が差し込むので雪はわずかに点在しているだけだった。

渓流の側に水車小屋を見つけた。大きな水車に小高い丘から木樋《もくひ》で水を引いて回しているらしいが、水は止めてあった。

この時期には小屋を使わないことを知っていた。急な斜面の小道を下って小屋に行ってみると、小屋は思いの外《ほか》大きく、片隅に茅《かや》の束《たば》が積んであり、よく整理されていた。多恵は「ああ、助かった」と言って、小屋の前にしゃがみ込んだ。

日暮れの山歩きは危険なので、小屋に泊まろうと床に茅を敷いて、二人は渓流で顔や手足を洗った。新吉は日溜まりで諸肌《もろはだ》脱ぎになって体を拭き終えた。

「汗を拭うと、すっきりして疲れがとれますよ。背中を拭いてあげましょうか」

「恥ずかしいわ。でも、汗をぬぐいたいわ」

「だれも見ていませんよ」

「あら、新吉さんが見てるじゃないの。じゃ、拭いて頂戴！」

多恵は弾んだ声で、帯を解き上半身裸になった。ふっくらと丸みを帯びた色白の肌と、恥じらうように胸を押さえた腕の中の豊かな乳房、新吉は明るい陽の下で初めて見て、なんと美しいのだろうと心がときめいた。

大自然の中で、恋する人の夕日に照らされた裸身はどんな絵にも及ばないものだった。

渓流の水はかなり冷たいが、硬く絞った手拭いで背中を拭いてもらうと、疲れて火照《ほて》った身体にはとってもいい気持ちだった。

「ああ、さっぱりしたわ。ありがとう、新吉さん！」

肌への心地よい刺激が気持ちを高め、向きなおって新吉に抱きついた。

新吉は、小屋に入って背負ってきた荷を隅にまとめてから、茅の束で寝床をつくって多恵を休ませた。

それから、小屋の側の砂地に石を組んで竈風にして小枝を集めて燃やし、持参の小鍋で湯を沸かして干し飯に味噌を加えて味噌粥をつくり、魚の干物を火であぶって夕飯をつくった。これらの食料は、全部、新吉が準備したものだった。新吉の手際の良さに多恵は、さすが山小屋での自炊で手慣れていると感心していた。

朝と昼は山中で冷たい握り飯を食べただけなので、焚火《たきび》で暖をとりながら椀に盛った温かい味噌粥の香りが、ふたりに幸せを運んできた。

周囲が山に囲まれているので、小屋の中はもう薄暗くなっていた。

「新吉さん、重い荷を背負って、疲れたでしょう」

「わたしは慣れていますからね。お多恵さまこそお疲れでしょう」

「そういう言い方をしないで、わたしはもう側室ではないのよ。これからは多恵と呼んで」

「ああ、そうですね。もう他人じゃないんだから……。じゃ、お多恵」

照れながら恥じらうように言って、笑顔で互いに見つめ合った。

「あなたは、わたしの主人なのよ。わたしとあなたは、もう一蓮托生なの……」

死ぬときも一緒、と言おうとしてやめた。追われていることを忘れ、死を口に出したくなかった。

「わたしは、あなたを新さんと呼ぶわね」

冬山の日暮れは早い、陽が山の端にかかるとすぐに暗くなり、西の空には一際明るい星が輝き出して、間もなく満天の星空になった。月が川面を照らし、時折、流れる雲が月にかかり渓谷は明暗を繰り返していた。

「あそこに大きな輝く星があるわね」

「ああ、あれは私の希望の星、宵の明星ですよ」

新吉は、自分の人生があの星のように輝けるだろうかと、祈るように、じーっと見つめていた。

「寒くなってきたわ。小屋に入りましょう」

小屋には微かな月明かりが差し込んでいた。

新吉の目の奥に、先ほどのほんのり桜色の多恵の裸身が焼き付いていた。多恵を強く抱きしめ、二人とも涙がとめどなく流れた。口には出さないが、追手が迫ってくる恐怖と焦燥《しょうそう》、薄暗い小屋の中での不安が二人をかたく結びつけ、互いに命の情炎を燃え上がらせていった。

翌朝、小鳥の鳴き声に目を覚まされ、ともに爽快な朝を迎えた。木曾の山々の積雪が朝日に輝き、二人の前途を祝福しているように感じられ、新吉が山に向かって手を合わせていると、多恵もそれに従った。

石で囲った竈に火を燃やして朝飯の準備を始めた。新吉は、渓流に岩魚が数匹泳いでいるのを見つけた。野営も覚悟して、川の多い土地なので釣り針と糸を用意してきていた。

近くの笹竹を切ってきて、その先に釣り糸を結んで、

「お多恵ー！　魚が沢山いるよ。魚を釣ろうか」と呼んだ。

お多恵と呼ばれて嬉しそうに、小屋から飛び出してきた。髪型を百姓娘のように変えていた。

「おや、髪型を変えたね。その方が似合うね、とっても綺麗だよ」

新吉は、多恵を見つめて素直に褒めた。

石を返して小虫を採って釣り針につけて渡した。多恵は岩の間に糸をたれた。

山奥には釣り人が来ないらしく、魚はすぐに食いつき五匹ほど釣れた。

「釣りがうまいね。早速、塩焼きにして朝飯のおかずにしよう」

山育ちの新吉は、岩魚に持参の塩を振ってから、巧みに竹を削り、串刺しにして火の周りに立てて焼いた。釣りたての岩魚の焼きたての味は格別だった。

「木々の緑に囲まれた自然の中で食べるのは、ほんとに美味しいわぁ」

多恵には、この野営じみた生活が楽しく、いっとき追われていることを忘れさせた。

「ねぇ、新さん、この小屋にしばらくいましょうよ」

多恵は、新吉に甘えるように言った。

「うん、そうだね、この山奥には追手も来ないだろうから、そうしてもいいよ。食べ物は充分あるから」

新吉は、長居すると人に見つけられるような不安もあったが、干し飯はまだ充分あるし、御殿を抜け出すまで緊張の連続でよく眠れなかったうえ、山の中を歩きづめだったので、多恵の心を読んで同意した。

多恵は、だんだん慣れてきて草花を見ながら渓流沿いにのぼって行き、親指ほどの太さの恵那笹の竹の子を採ってきた。

「この竹の子、食べられるのよ。焼いて味噌をつけて食べると美味しいの」

と言って皮を剝《む》いていた。

御殿にいたときの多恵とは、まったく違って見えた。気取りがなく、やんちゃな百姓娘になって、可愛らしかった。これが、本当の多恵の姿なのだと思った。

夜、小屋に入るとおもいっきり新吉に抱きついた。追われる恐怖心から逃れたいのか、御殿での悪夢を払拭《ふっしょく》したいのか、もっと強く抱いてとしきりに求めてきた。

この小屋にきて三日目になった。

「ご両親はもう田瀬に引っ越しているはずだから、田瀬に行きましょう。心配しているだろうから」

新吉は、多恵の両親が田瀬に移ったことは、飯田の者に知られてないから追手に襲われる心配はないと考えていた。

「そうね。父と母のことが気になっていたの、会いたいわ」

明朝早く小屋を出ることにして、夕方、明るいうちに荷物をまとめた。

翌日朝の食事後、火を燃やした跡が分からないように燃え殻を川に捨て、人の気配を感じさせないように、小屋の茅を束ねて隅に重ねて元の状態に戻した。

「じゃ、お多恵、出かけようか」

新吉の声に、多恵は明るく微笑んで歩きだした。

山は傾斜が急で、難所が続き、木曾の連山から流れ出て木曾川に合流する多くの支流が渓谷をつくっていた。

突然、黒いものが藪を横切って木陰に隠れた。新吉は、手にしていた棒を構えて、多恵をかばうように前にでた。山犬か猪か？　相手はじっと木陰に身を潜めていた。新吉は、大きな気合いとともに枝を払うように棒を振り下ろした。

奇妙な叫び声をあげ、猪が飛び上がって逃げていった。

「びっくりしたわ。さすが棒術の名手ね」

「この辺りには山犬や熊もいるので、特に春先は腹を空かしているから危険なんだよ。でも、この樫の棒があるから大丈夫だよ」

多恵を安心させるように棒術の棒をとんと大地に立てた。

新吉は、地元なので大体の地形は頭に入っているのだが、獣道《けものみち》に入って深い谷に阻《はば》まれ引き返すことが度々で、農夫の山菜採りが切り開いた細い山道や猟師道が多く、迷う危険があった。

新吉は何度も太陽の位置から方向を確かめながら歩いたが、この山は渓谷が多く危険な沢や崖に阻まれるので、木曾川越えは中山道に出ないと困難だと悟った。しかし、街道を歩くことは追手に見つけられる危険もあった。だが、修験者が通るような岩場続きで、多恵は息づかいも荒く歩くのが遅くなり、街道を歩くことを望んでいた。

新吉は、二人とも菅笠《すげがさ》をかぶり野良姿なので百姓夫婦としか見えないだろうから注意して歩けば大丈夫だろうと思って、川の音を頼りに下って中山道に出た。

しばらく行くと町並みが見えて来た。妻籠宿であった。多くの旅籠《はたご》が並び窓々から見張られているような気がして急いで通り過ぎた。二人は宿の呼び込みの声にも振り向かず黙々と歩き続け、急な坂を何度も上り下りして馬籠《まごめ》峠を越えると、間もなく馬籠の宿場になった。

多恵は、無口になり歩みが重くなって、休みたいと訴えるように度々新吉を見た。疲れていることは分かっていたが、宿場で休むことは最も危険であった。

「木曾川を越えるまで頑張りましょう。もう少しだから」

新吉は竹筒の水を多恵に渡しながら励ました。

疲れきっているので十曲《つづらおれ》峠の坂はきつかった。多恵が喘ぎながら石畳を足を引きずって歩くようになったので、茂みに入ってひと休みした。

さすがに中山道は人の往来が多い。多恵も侍風の者が通るたびに、顔を伏せて汗をぬぐう振りをして顔を隠していた。

落合の宿を過ぎて木曾川にかかる橋を渡って、苗木領に入った。二人ともほっとして、茶店を見つけて入り、そばを頼んだ。

店の女房が二人を交互に見て、

「三人の侍がこの辺りの店々で、若い男女の二人連れが来なかったかと聞き回っているんだ。横柄《おうへい》な態度で店にずけずけ入ってきてさ」

と教えてくれた。

二人は驚き、急いでそばを食べて店を出た。

「苗木領に入っても安心できないな。危険だから裏道を行こう」

新吉は、この辺の道を熟知していた。中山道をはずして林道に入り、苗木城を左に見て、なだらかな小道を登っていった。

木曾川に入る付知川沿いの坂道を三里ほど歩いて、ようやく下野《しもの》の女夫《めおと》松のある平地に出た。ここには二、三度来たことがあるのだが、山間の日暮は早くすでに闇が迫りつつあった。

皆目見当のつかない田瀬の両親の移転先を、夜道捜し回ることは不可能なので、鎮守の森のお堂で一夜を過ごすことにした。

三月下旬でも陽が沈むと途端に寒さが襲ってきた。お堂に入り、竹筒の水に干し飯を浸して寒さに震えながら冷たい夕飯をとり、二人は身体を寄せ合い温めあって眠った。

翌日、付知川沿いに上って田瀬地区に入った。田瀬もかなり広く山間に集落が点在していた。あちらこちらの集落を回って農家を探して、移住してきた年配の夫婦の住まいを聞いて歩いた。

朝飯もとらずに何時間も捜し回り、ようやく大きな農家で、上田瀬に最近引っ越して来た人がいるらしいと教えてもらった。

この家で湯をもらい干し飯を浸して、庭をかりて朝とも昼ともつかない飯をたべていると、親切な婆さんが漬物を持ってきてくれた。

新吉は多恵を連れて、上田瀬は付知川の上流だろうと川に沿って向かったが、上田瀬がどの辺りかも分からず、家も見あたらず、人に尋ねようと歩いているのだが、誰ひとり通らなかった。すでに陽《ひ》は西に傾きかけていた。

途方にくれて道端に腰を下ろしていると、

「あっ！　向こうから来る人、歩き方が父に似ているわ」

多恵が、突然立ち上がって言った。

疲れているために、父の姿に見えたのだろうと新吉は思った。

多恵は駆けていって、「おとっつぁんー！」と大声で慣れ親しんだ呼び名を叫んだ。

この場所を毎日見回り続けていた伊助に出会ったのだった。

多恵は、父親にすがりついて泣いていた。

「よかった。ほんとによかった。ああ、生きていたか、よかったなぁ」

伊助は、多恵の身体をしっかりと抱きしめて言った。

新吉も駆け寄って行った。

「お父上に会えて、ほっとしました」

「新吉つぁん、ありがとな。二人とも無事でよかった。ほんとによかったなぁ。多恵を助けてくれてありがとう。ありがとうよ」

「ご心配、お掛けしました」新吉は伊助の両手を堅く握っていた。

「さあ、家さ行くべ」

伊助は先にたって歩きながら、顔をくしゃくしゃにして、よかった、よかったと繰り返していた。

伊助は家に駆けて行き、庭先で、

「おきぬー！　多恵が帰ってきたぞー！　多恵がー」

大声できぬを呼んだ。きぬは、驚いて飛び出して来て、

「あれー！　無事でよかったなあ、ほんとによかったやぁー」

顔をくしゃくしゃにして、多恵を抱きしめた。

「さあ、さあ、入って、はいって」

多恵とは四年ぶりの再会であった。

「おっかさん、心配かけました。ほんとに会いたかったぁ」

多恵は母と再び抱き合って互いに涙を流した。

「新吉です。このたびは、大変ご心配をお掛けしまして、申し訳ありませんでした」

二人は、汚れた手甲、脚絆を脱いで引き水の洗い場にいって手足を洗った。

「さあ、早く来て、座敷に上がりなぁ」大きな声で呼びよせ、

「風呂ば沸かすで、ざっと汗ば流したらいいで」

と多恵の手をとって上がらせた。

伊助は、早速、風呂炊きに裏に回っていった。

きぬが奥に駆け込んでいって、

「腹ばすかしているべ、すぐに飯の支度ばすっからな。湯から上がったら、風呂場でこれに着替えな、新吉さんも、亭主の着物だけんど着替えてな」

用意しておいた二人の着替えを抱えてきて座敷に置いた。

「おっかさん、ありがとう」

「疲れたろうから、飯ができるまで囲炉裏の側に横になってゆっくり休んでいな。話ば後でゆっくり聞くで、そのうち風呂の沸くだろうからな」

きぬは、急いでお勝手に行った。

多恵は、囲炉裏で暖をとり脚を伸ばしてさすりながら、部屋を見回していた。話したいことが山ほどあった。何から話したらいいかと考えていた。二人とも、御殿を抜け出してからは、恐怖におびえ緊張の連続であった。今、このように、家の温もりの中にいることが嘘のようであった。

新吉は、気がゆるんで、ふと眠気に襲われ、忘れていた田舎での想いが夢で蘇ってきた。それは遠い昔の幼い頃のことのようであった。

「湯が沸いたで、新吉つぁん、先に入って汗ば洗い流してきんさい。手拭いは風呂場に用意しておいたでな」

伊助が呼びにきて、はっと我にかえり、辺りを見回した。

「とんでもない。わたしは最後に入れてもらいます」

「遠慮なさるな、長旅をしてきたんだからな」

「新さん、おとうさんがそう言ってるんだから先に入って。着替えを持っていってね。その後、私も入らせてもらうから」

多恵が新吉を促した。

「それじゃ、お言葉に甘えて、お先にいただきます」

「風呂はこっちだ、さあ、早よう来て」

伊助にも促され、新吉は素直に立ち上がって、伊助の後に従った。伊助はすぐに戻ってきて、多恵に語りかけた。

「新吉は、なかなかいい男じゃな」

「そう、とても親切で、とっても賢いの。こんどのことでわたしをいろいろと助けてくれたわ。ここまで来れたのは……新さんのおかげなの」

次第に涙声になった。

「御殿では、つらい思いをしてたんだろうな。おなごたちの中でなぁ」

「御殿の奥は座敷牢みたいなものなの、新さんがいなかったら気が変になっていたわ。新さんだけが心の支えだった……わたしにとって掛け替えのない人よ」

多恵は涙をぬぐって、父の温かい気遣いと囲炉裏の暖かさに、すっかり緊張がほぐれ心の中をさらけ出していた。

多恵が新吉を心から愛していることが、伊助にも分かった。伊助は、いずれ二人を正式に夫婦にしてやろうと思った。

きぬが鍋を運んできて、囲炉裏の自在鉤に掛けた。

「わたしも、手伝うわ」多恵が立ち上がろうとした。

「疲れているんだで休んでなさい。そのうちいっぱい手伝ってもろうでな」

新吉が着物姿になって風呂から上がって来た。

「とってもいい湯でした。御殿では山小屋住まいで、冷たい湧き水で体を洗ってましたから、このような暖かいお風呂に入れるのは何年ぶりかです」

「じゃ、わたしもお風呂を使わせてもらうわね」

「ああ、ゆっくりへえってきな」

夕飯の支度をきぬが運んできた。

「ああ、手伝います」

「疲れてるだで、気い遣わなくていいでぇ、休んでな」

「いいえ、大して疲れていませんので」

新吉は、すぐに立ち上がった。

「けんど、こんなことさせると多恵に叱られますで」

きぬは、湯上がりの新吉の男ぶりに見ほれ、さすがに多恵の選んだ人だと思っていた。

その立ち姿をまじまじと見ていた。

「御殿では、どんな雑用もこなしてましたから」

新吉が盆に載せて運んでいる姿を、伊助は炉端《ろばた》で見ていた。

「新吉さんは、ほんに元気だな、相当に鍛えあげた躰《からだ》だよ。それによく働くね。多恵は幸せもんだ」

多恵が風呂から上がってきて、四人が囲炉裏を囲んで座った。

「揃って飯が食えるなんて、神様のご加護があってのことだ。感謝しよう」

伊助に従って、みんなで合掌してから「いただきます」と唱和した。

新吉と多恵には、この炊きたてのご飯、大根の煮つけ、川魚の塩焼き、沢庵に味噌汁といった田舎膳は久しぶりの味わいであった。

「おかわりして、いっぺえ食べてや。たんと作ったでな」

きぬが多恵と新吉を見て言った。

食事が済んでから、伊助は、雲林寺と新吉の実家が見張られている、近づくなという智然老師の伝言を二人に話した。

「やはり、そうでしたか。途中の中山道の茶店で、それらしい三人の侍が街道を見張っていると聞きました」

新吉は、こちらの家が見つからなかったら実家に行こうと考えていたので、実家に行ってたら捕縛されて、今はなかったろうと胸を撫でおろした。

きぬが、奥の部屋に二人の寝床を用意した。

「疲れてるんだで、少し早いけど今夜は、これくらいにして寝ようや」

話が尽きないので、伊助が二人を思いやって言った。

「奥の部屋に、床ば敷いておいたで、さあ早よう休みな」

きぬが眠そうにしている多恵を促した。

「話すことが沢山あるけど。眠くなってきたから休ませてもらいましょうか」

多恵は、立ち上がりながら新吉を誘った。

部屋には、二人の床が並べて敷いてあった。追われる恐怖が遠のいて、畳の上で寝られる幸せを感じ、二人は床の上で強く抱き合った。

新吉は、側室だった多恵と暖かい寝床に横になって、このような旧家の部屋にいるのは夢ではと、隣で寝息をたてている多恵を見た。


翌日、多恵は御殿の息がつまるような環境の中で、新吉に救いを求めるようになり、互いに愛し合う関係に発展し、新吉の助けをかりて御殿を逃げだしたことや、逃げた山中での出来事を両親に詳しく話した。

新吉は、実家の両親には多恵とのことや逃避行のことも話していなかった。

しかし、老師の伝言から探索の手が寺や実家にまでおよび、追手が新吉の実家に踏み込んで執拗《しつよう》に迫っているだろうと思われた。

「両親は、わたしが側室を拐かして逃げていると悪役にされて、追手の厳しい追及を受け大層悩んでるでしょう。それがとても心配です」

新吉は沈んだ顔で言った。

数日して、多恵はすっかりこの家の娘に戻っていた。だが、新吉はここで好意に甘えて暮らすことに気がひけたし、蛭川の両親のことが心に重くのしかかっていた。そして、人目を避けて過ごさなければならないことを悩んでいた。

「そのように萎縮してはだめですぞ。これから先、どのように生活し、如何に家庭を築き上げるかが、二人に課せられた課題だで」伊助に励まされた。

だが、新吉はいつまでも居候《いそうろう》は続けられないし、追手から逃れて、どう生きるかと思案して悶々とした日を送っていた。

「新吉っあん、元気をだしな。弱気を起こしてはだめだ、希望をもって強く前向きに生きていけば必ず道が開けるもんだ。多恵を幸せにすると約束したじゃろよ。先日も言ったように、自分の暮らしを築き上げることだ、これからが新たな道への挑戦だよ。けど、焦ってはだめだ、時を待つことだ」

伊助は、再度注意を促した。

「おっしゃる通りです」

新吉は、伊助の言うことが頭では分かるのだが、家に隠れて何もせずに世話になっていることが性分《しょうぶん》に合わず、気が晴れない毎日を過ごしていた。

伊助は、新吉を励ますためには婚儀を挙げてやることだと考えた。

「近いうち内輪で祝言を挙げて、二人を本当の夫婦にしてあげようじゃねえか」

きぬに相談した。

「それは、いい考げえだな。新吉さんのご両親もお招きしてな」

「そうできると、いいがなぁ」

早速、伊助は、この際、二人の心のけじめをつけるためにも、新吉の両親と雲林寺の智然老師を呼んで婚儀を行うことを多恵と新吉に語った。

二人はとっても喜んだ。伊助は暦を調べ、きぬと相談して、吉日の五月十日に自宅でささやかな婚儀を挙げてやろうと決めた。そこでまず、新吉の両親に無事に暮らしていることを知らせようと思った。

「新吉さんの実家に行って二人の無事を伝えたいんだ、心配してるだろうからな。

様子を話して安心させてあげたいし、二人の祝言を挙げることもな。それで実家に行く道を書いてくれ」

伊助は、新吉の両親も自分と同じように、安否を気遣っているだろうから、すぐに知らせたいと思った。

書いてくれた絵図を見て、恵那郡の蛭川村までは九十九折《つづらお》りの山越えの道が六里近くあり、急峻な蛭川峠を越えなければならない。相当時間がかかると思われるので翌朝早く家を出た。


山桜がきれいに咲きほこり、快晴の山道は苦もなく歩けて、昼過ぎには家を探し当てた。案の定、この辺境の地にはふさわしくない侍が二、三人うろうろしていた。

伊助は、何くわぬ顔でゆっくりと笠をぬいで家の木戸を軽く叩いた。

「どなたさまで」警戒するような女の声がした。

「伊助といいますだ。是非、お話したいことがありますで。開けてくだされ」

戸の隙間から小声でそっと告げた。

やがて、木戸のしんばりを外して、おそるおそる開けてくれた。

「伊助でごぜえやす」

再び名乗ると、急いで引き入れてくれた。

「新吉さんは、わしの家で無事に過ごしてますので、ご安心ください」

まず、子息の安否を告げた。

「えぇ！　あんた様の家で？　どなんしたのや？」

母親のお梅は大変驚いていた。座敷から父親も驚いて立ち上がってきた。

「わしは多恵の父親で田瀬に住んでおりますだ。二人はひと月ほど前に、苦難してわしの家にたどり着きましてな、わしのところに匿《かくま》っておりますで」

伊助は、両親を安心させるようにゆっくりと話した。

「ああ、お多恵さまのお父上でごぜえますか。有り難うごぜえます」

母親は、息子の無事を告げられて安堵していた。

「新吉がとんでもないことをしまして、大変申し訳のないことで」

六十に近い白髪頭の文蔵は、正座して頭を床につけんばかりに下げた。

「誤解なさらないでくだせい。多恵は、新吉さんのおかげで救われ感謝しておりますのや。二人は殿の江戸詰めの留守中に御殿で知り合うていい仲になり、殿の目を逃れて、ようやくわが家にたどり着いたんで、新吉さんに助けられてな」

多恵と新吉が互いに信頼し、慕い合い愛しあう関係になって、二人で綿密な計画を立てて実行した恋の逃避行だったことを詳しく話した。

「雲林寺のご老師さまから、二人への探索は大変厳しく、お寺とこちらの家の方も侍が見張ってるから、二人とも絶対に近づかないようにとの伝言を頂きましたんで、二人はこちらに来れませんですが、新吉さんが両親が心配しているだろうと大変気にしておりますでな。そんで、わしが知らせにきましたで」

　新吉が側室を拐かしたのでないことと、二人とも好き合い助け合って逃げ延びたことを聞いて、新吉の両親は胸をなでおろした。

「けど、殿様の命令で大勢の追手が二人を探索してますのや、見つかったらその場で成敗されますだ。わしが来ましたときも、お宅の周りで侍がうろうろしておりましたからな」

「そうなんじゃ、ついこの前、突然に三人の侍が土足で家に上がり込んで押入れまで探しまわり、お前の息子が側室を拐かしたと言うんで、わしはびっくりしました。女房も正直者の新吉がそんな大罪を犯すとはと腰を抜かさんばかりに驚き、わしらは大変悩んでましたのや。その後も侍が度々新吉の居所を教えろと刀を突きつけて脅しにやってきてますで、恐ろしうて夜もおちおち寝れやせんで」

「それは大変ですな、神経がすり減りますなぁ。侍たちは君命を受けての探索なんで必死なんですな」

「今朝方も家の中を覗きこんで。近くに隠れて家を見張ってますのや」

それまで黙って聞いていたお梅が、

「新吉と多恵さまが手を取りあって、御殿から逃れたと聞いて、新吉が悪いんじゃねえと安堵しましただ。二人が追手に捕まらんよう祈るだけですわ」

しきりに手拭いで目を拭いながら言った。

「実はわしの家は飯田で、田瀬の家は探索を予知して智然老師さまの計らいで求めたんで、他の者には内密にしてますから追手に気づかれる心配はないですわ」

「ああ左様で、けど追手は懸命に捜しとるで充分に用心しないといけんですな」

文蔵は、心配顔で言った。

「ごもっともで。わしの家にいることは絶対に知られちゃならんですからな」

「これからもな、二人が無事で暮らせるようにと祈ってますで」

お梅がぽつりと言った。

「それで、この際、ささやかな祝言を挙げてやって、正式に夫婦として出発させようと考えたんで」

「ああ、それは大変に有り難いこって」

文蔵が頭を下げて言うと、側でお梅も表情をやわらげ、「ありがてえな」と小声で言って、頭を深々と下げた。

「うちの女房と話して、ご両親をお呼びして五月十日の吉日に内々で祝言を挙げてやろう思ったんですが、おいでいただけますかいな」

「祝言に出たいのはやまやまですがな、四六時中見張られてますでなぁ」

「はて、困りましたな」

「わたしらが外に出ると必ず跡をつけて来よるんで、まったく気が滅入りますで、新吉の隠れ家に行くと思うんじゃろな」

「ほんに困りますがな。侍が見張ってるで、近所の方も変に思っとりますやろ」

「わしらがお宅に伺うと、居所を教えることになって二人を危い目に追いやることになりますでなぁ。祝言の日は、わたしどもはここで秘かに二人の門出を祝ってやりますわ」

文蔵がやりきれないといった顔で言った。

「二人の晴れ姿を見たいけんどなぁ」

お梅は、落ちつきを取り戻してきた様子で、伊助を見て静かに言った。

「新吉さんがいずれ実家に来ると読んで、見張りを厳重にしてるんやな。残念ですが致し方ありませんな。新吉さんと多恵にそのことを伝えましょう」

「長男の昌吉が戻りましたら、新吉が多恵さまを拐かしたんでないことを話し、弟の祝言を挙げてくれることも伝えますで、昌吉も喜んでくれますだろ」

「ところで、この近くに酒屋がありますかいな」

婚儀はちょっと先のことだが、気の早い伊助は、ついでだから足を延ばして祝いの酒を求めて帰ろうと考えた。

「ええ、中津川に小さな造り酒屋がありますで、わしも正月には買いに行きます。村の方ならどなたも知ってますやから中津川に行ったら尋ねて下せい。ちょっと遠回りになりますが、お気をつけていらしてくだせい」

「有り難うござぇいした。では失礼しますだが、くれぐれも用心なさって」

伊助は、外に出て、見張りの侍がいないかと、それとなく、周りを窺った。

向かい側の桜の大木の根元に腰を下ろし、こちらを見ている一人の侍がいた。気づかない振りをしてゆうゆうと遠くに目をやり、腰をのばしてからゆっくりと歩きだした。つけられていないかと、ときどき用心して振り返った。

一里ほど先にこぢんまりとした造り酒屋があった。茶碗一杯だけ飲んで、貧乏徳利に一升入れてもらった。

ご老師さまにも祝言のことを話し、ご足労を頂こうと思って、貧乏徳利を下げて雲林寺に向かった。寺の周辺にも見張りがいると聞いているので、見張りの目を逃れるため、少々酔った足どりをして貧乏徳利をぶらぶらさせながら山門をくぐった。

智然老師に会って、婚儀を挙げて二人を正式に夫婦にさせてやりたいと話した。

「おお、それは誠に結構なことですな」

「そんで、こちらのお坊さまに、お出で願って婚儀を司《つかさど》っていただこうと考えておりますだが、如何でしょうか。ささやかでも婚儀を行い前途の無事を祈願し、さらに、二人の決意を堅めさせようと思うとるですが」

「新吉はこの寺で学んだ教え子、わしが行って新しい門出を祝ってやりたいが、わしが出向くことは追手に新吉の居所を教えることになりますからな。若い僧なら檀家回りなどで絶えず寺を出入りしてますから気づかれる心配はないのだが。ああそうだ、以前、お宅に使いに出した英照を遣わしましょう。英照は、新吉が寺に通っていた頃からの顔馴染みですからな、気も合いましょう」

「有り難うございます」

「それで、いつになさいますか」

「お武家の挙式は夕方だそうですが、わたしどもは五月十日の昼四つ半にしました

ので、お願いします」（昼四つ半は午前十一時）

「よろしいでしょう、お約束します。お二人に、婚儀で読み上げる誓詞を用意するように伝えてください」

「誓詞はどんな風に書けばよいので」

「別に形式にこだわる必要はありません。二人の誓いですから、短くても心から出ることばでよいのです」

「分かりました。本人たちに伝えます」

「それから、追手から逃れるために、この際、二人の名を変えては如何かと思うのだが、二人に相談してみてください」

「ああ、そうですな、それは気がつきませんでした。二人の人生の門出ですから、良い機会ですね。生まれ変わった積もりで」

伊助は老師に、先ほど蛭川村に新吉の両親を訪ねて、祝言に出るように言ったが、やはり見張りの侍に居所を知られる危険があるので、両親はやむなく出席を見合わせると言っていたことも伝えて寺を辞した。

山門を出るとき、見張られていることを意識し、素知らぬ顔で徳利をぶら下げて、少々酔った振りをして鼻歌まじりに歩いていった。

家に戻ってまず、新吉の両親は二人が好き合っての行動だったことで安堵し、見張りが厳しいので祝言には出られないが、その日は家で息子夫婦の門出を祝ってやると大変喜んでいたと二人に伝えた。

「遠方まで足を運んでいただき、有り難うございました」

新吉は、両手をついて頭を下げた。

「蛭川の家と雲林寺周辺の見張りは相当なものだったぞ。侍たちは、上位討ちの君命を受けて来ているらしいんで、用心を怠らないようにすることだ。身の安全が第一だでな」

「殿は裏切り者として、わたしと新さんにかなりの憎しみを抱いているのね。あの方は、身勝手で自分のことしか頭にない恐ろしい人なんです。牛之介事件でも分かるように、人の命を虫けら同然に考えているのですから、意にそわない人間は殺してしまえと短絡的に考える人なんです」

多恵は、憎しみをあらわにして言った。

「わたしは、寺にも実家にも大変な迷惑を掛けているんですね。誠に申し訳ない」

新吉は恐縮して頭を下げた。

「祝言は英照という僧侶が婚儀を司ってくれるそうだ。婚儀では二人がこれから歩む人生への誓い文の誓詞を読み上げるんで書いておくようにと言われた」

「分かりました。英照さんは、よく存じ上げております。寺では、いろいろと教えていただきました。これからも力になってもらえると思います」

「それから、ご老師さまは、追手は新吉と多恵の名を手がかりに捜し回っているんだから、この際、名を変えてはどうかとおっしゃっていた。どうだろう」

「ああ、それは名案ね。新たな門出だから、さすがご老師さまだわ」

多恵は、悪夢を忘れて生まれ変わりたいと思っていたので、喜んで同意した。

「なるほど、今晩、お多恵と相談して、名前を考えます」

新吉も笑顔で頷いた。

部屋に下がって、二人であれこれと名を出しあっていた。

「新しい人生を踏みだしたのだから、わたしは可愛い名がいいわ」

いろいろ名前が出てきたが、多恵は志津、新吉は清次と改名することに決め、互いに何度も、お志津！　清次さん！　と互いに呼び合い嬉しそうに笑っていた。

翌日、両親に改名を披露した。

「わたしは志津、わがご亭主は清次になりました。名を変えると、御殿での生活が忘れられるわ。これからの人生を互いに助け合っていく決意をしたの」

「お志津と清次か、呼びやすくていい名だ」

伊助が言うと、きぬは「ほんにねぇ」と笑顔で二人を見て、お志津と口の中で呼んでみた。

伊助は求めてきた酒で改名に乾杯しようと提案し、「乾杯！」の声が上がった。


一方、城では国家老が追手頭の報告が毎回同じで何とも頼りないので、殿にどのように知らせたらよいかと思案し、三月下旬の国帰りまでに決着をつけなければ、責任を取らされるといらいらしていた。

「毎日、同じ見張りの繰り返しで、いずれの組も徒労に終わっておる。何ぞ別の手だてはないのか。もそっと頭を使え、あたまを」

国家老は、報告に来た追手頭の肥田龍成を大声で怒鳴った。

三月三十日に、殿は参勤の任を解かれ飯田に向けて出立《しゅったつ》した。江戸家老は参勤交代の費用の捻出に苦労していたが、殿は藩の財政難には無頓着で予定の宿場より三宿ほど多くとらせ、その都度予定のおくれを行く先々の宿場の本陣に早馬で知らせなければならなかった。

国へ帰着したのは四月に入ってからで山にはまだ所々に雪が残っていたが、草木に緑が芽生え春を感じさせていた。

江戸詰めの労《いたわ》りと帰着の祝意を述べにきた国家老に、殿は早速、多恵と男の探索の遅れを強い口調で問いただした。

「何処に隠れているか。また、死んでいるのか、糸口も摑めませんので、誠に申し訳ございません」

「探索が甘いのだ。わしを侮り面子《メンツ》を潰した者だぞ、十日以上もかかって、たかが小者と女子《おなご》を見つけ出せないとは手ぬるいぞ、まったく無能な者どもだ。即刻、追手を精鋭な者に替えよ」

殿は顔色を変え、声を荒らげて国家老に命じた。

殿の命令で、新たな上級藩士の矢部《やべ》兵馬《ひょうま》を追手頭に命じ、追手の藩士全員を更迭することになった。

裏山が新緑に彩られ始めた。殿は、下男の住んでいた山小屋を検分したいと言い出し、国家老と追手頭の矢部が、領内を探索した藩士を伴って、初めて裏山に上って粗末な小屋を見た。今回の事件の後は、庭仕事を中間にやらせて小屋には誰も住まわせなかったので、薄暗い無人の小屋になっていた。

殿は、このような暗く薄汚い小屋に多恵を拉致していたのかと驚いていた。

「男は、如何にして多恵を拐かしたのか。まったく大胆不敵な奴だ。事件後直ちに、小屋の周辺をよく調べたか」

「はぁ、はい！　この山も探索しましたが、多恵さまの衣装も見つかりませんでした。山犬も越えられない高い柵を回してありますので、柵を越えたとは思えませんし、どこから逃げたか見当もつきませんので」

領内の探索に当たった藩士が申し訳ないというように頭を下げた。

「奴は、この小屋に多恵を囲っていて、多恵をつれ去ったのだな。まったく不埒千万！　多恵は下郎に犯されたんだろう。何としても二人とも見つけ次第、容赦なく斬り捨てよ！」

殿は、下賤な男が己の側室を拐かして逃走し、未だに捕らえられないことに激怒して声高に、殿らしからぬ言葉で追手頭の矢部に命じた。

追手

五月に入って、伊助は祝言のことが気になっていた。内輪だけだがきちんとした婚儀にしようと思い、早めに準備をするようにときぬに言った。

きぬは祝言の二日前から煮物などの準備を始めた。いきのよい鯉と鱒《ます》が流しに置かれていた。婚儀の衣装は揃えられないが、二人には中関の家から持ってきた伊助の羽織袴と、きぬの着物を用意した。美濃屋から譲り受けた食器や御膳などの調度品が使えるのはとても助かった。

当日、伊助は、いつもより早く起きてきた。山に向かって手を合わせた。そして、

「ああ、いい日だ、お天気だし、すがすがしい気分だな」

両手を大きく広げて言った。

軽い朝飯を終えてから、きぬと志津が今日の準備にかかった。鱒を焼く匂いと赤飯の炊きあがる甘い香りに、志津は幸せを感じとっていた。

「間もなく英照さんがお見えになるでな、お前さんたちも、そろそろ着替えな」

きぬに促され、志津が清次の着付けを手伝って羽織、袴を着けてやった。

「ああ、立派になったわ。ほんとに、惚れぼれするわ」

志津は、わが夫を着飾ってやることの喜びをあじわっていた。

「着物を正すと改まった気分になって、背筋が伸びるね」

清次は、初めて着た羽織、袴の姿を確かめるように首を回してわが身を見た。

「お志津も着替えたら」

清次から新しい名で呼ばれて笑みを返して、

「そうね、まず、髪を直してから」

志津は、奥の間に着替えに行った。母親の少し地味な着物だが、きらびやかな御殿衣装とは違って落ちついた若奥様の感じになった。

しばらくして、英照が来訪し、きぬが座敷に通した。

「英照さん、お久し振りでございます。お忙しい中をわたしたちの婚儀のために、いらしていただきまして有り難うございます。本日はよろしくお願いいたします」

清次は座敷で出迎え、懐かしそうに英照を見て丁寧な挨拶をした。

「ほかならぬ新吉さんの婚儀ですから、喜んで参りました。老師も大変喜んでおりました」

「ご老師さまにはいろいろと助けていただき、おかげで二人がこのような日を迎えられ、心から感謝しております。それでわたしどもの名前のことなんですが、ご老師さまのすすめでこの機会に二人の名を改めることにしました。わたしは清次、妻の多恵は志津に改名しました。お寺に帰りましたらご老師さまにお伝え願います」

「分かりました。清次さんとお志津さんですね。とても、よい名ですな」

「志津と申します。お初にお目にかかります。本日はお忙しい中をわたしどものために、お出でいただきまして有り難うございました」

志津は、丁寧な挨拶をした。

「急な話で、ご無理申したようで、誠に有り難うございます」

伊助もお礼を述べた。

「まず、皆さんに式の段取りをお話しします。内輪での式になりましたが、一応型通りの仏式で執り行わせていただきます。老師が敬白文《けいびゃくもん》と念珠《ねんじゅ》を用意され、預かって参りました。誓杯つまり三三九度の杯は注ぎ手がおりませんので、志津さまが婿どのの誓杯に酒を注ぎ、杯を干してから、替わって、婿どのが花嫁の誓杯に注ぐかたちにします。その後、清次さんがご両親の杯にお酒を注いで、親子固めの杯を挙げます。わたしの進行に従って行ってください。誓杯一式は持参しましたので、お酒を用意して下さい。式はどちらのお部屋で行いますか」

「仏壇はないのですが。奥の仏間で行いたいので、どうぞいらして下さい」

　伊助が英照を案内し、皆が後に続いた。

「大きな仏壇があったのですね。この棚にお札《ふだ》を置き正面とします。正面に向かってお二人が並んで座り、その両側にご両親が座って下さい」

　指示された通り座り、燭台に灯がともされた。英照は、用意してきた袈裟《けさ》を着けて正面に二人と向き合うように座した。

「それでは、ただ今から清次、志津両名の婚儀を執り行います。合掌願います」

　英照は、老師の書かれた敬白文を朗々と読み上げた。念珠が二人に授与されて合掌し、続いて、用意した誓詞を清次が読み上げ、二人はそれぞれ名を告げた。

　最後に、英照が二人が力を合わせて難事を乗り越えて、末永く幸せに暮らすようにという祝辞を述べて式を終えて、祝宴に移った。

「はじめに、二人の門出を祝って、謡曲高砂を謡います」

伊助は渋い声で謡いあげた。

家族だけの祝言だが心のこもったものになり、一時半（三時間）で終わった。

「粗末な田舎料理ですが、ご老師さまに差し上げてくだせい」

きぬは、英照の帰り際に、重箱につめた祝宴の品を託した。


祝言を挙げてから数日は、二人は人目を避けて家の中で過ごしていた。

清次は、志津と正式の夫婦になったことは大変嬉しいことだが、畑にも出ずに家の中で無為に過ごすことは肩身が狭く、とても苦痛であった。

「わたしも畑に出たいですね、村の方には、親戚の者が手伝いに来ていると伝えてもらえれば、不審に思われないのでは」

清次は、畑に出ることを伊助に頼んだ。

「そうだろう、清次は働き者だから家で悶々としているのが性にあわんだろうな。じゃ、親戚の者ということにして畑に出るか」

伊助は、この山奥までは探索の手が伸びないだろうと考えた。畑仕事を手伝ってもらうのは助かった。

「ああそうだ、どうせなら息子夫婦として庄屋さまやご近所に紹介しようか。名を変えたんだから安心だ。その前に、ご老師さまにわたしどもと同様に二人の人別のことを頼んで来よう。婚儀のお礼も述べねばならんからな、早速、明日行こう」

あれこれと取り沙汰されて不審に思われるよりは、ご近所に若夫婦を紹介して、堂々と外に出た方が怪しまれなくて済むと考えた。ただ、その際に、どちらから来られたかと聞かれることを想定して人別改めも整えてもらおうと思った。

伊助は思いついたらすぐにやらないと気が済まないので、翌日、雲林寺に老師を訪ねた。

「おかげで婚儀を無事執り行うことができました、有り難うございました」

「まずはおめでとう。仏間での婚儀のようすを英照から聞きましたよ」

「ご老師様のご助言を受けて、二人は清次と志津に改名しました。この際、息子夫婦を庄屋や近隣に紹介して堂々と畑に出られるようにしたいと思っとりますで、わたしどもと同様に人別改めをお願いしたいので」

「ああ、それがいい。では、高山の寺領で百姓仕事をしていた二人が結婚して両親の元に引っ越して来たと宗門人別改帳に記載しておきましょう。これも人助けの方便じゃからな」

老師は快く引き受けてくれた。

「分かりました。わたしども夫婦と倅《せがれ》夫婦が共に高山から移り住むことになり極めて自然ですね。有り難うございます」

伊助は早速、二人を伴って近隣と庄屋に顔出しに行って、息子と嫁ですので宜しくと紹介した。翌日から清次は、伊助と共に畑を耕しはじめた。

畑の二十本の楮はかなり大きくなって、枝分かれした古枝ばかりだった。

伊助は、美濃屋の若旦那から教わったように、これらの古枝を切り捨てて新芽がでるように株だけにすることを清次に頼んだ。

畑の端で、伊助が笑顔で「おーい、清次ー」と呼んでみた。清次が手を上げて応えると、顔を見合わせ声をあげて笑った。

畑はゆとりがあるので楮の本数を増やそうと思った。いまが苗木を植え付ける時期と聞いたので、数日後、伊助と清次が近所の人に楮の植え方と苗を扱っている業者を教えてもらった。

その足で付知川沿いの道を一里ほど上った白沢に行き、楮の苗を買い入れて二人で背負ってきた。清次が遠出するのは半月ぶりであった。

「苗木を植え付けてから、若枝が刈り取れるまで二、三年かかるでな、それまではあの古木に頼って頑張るしかねえな」

伊助は、苗を植え付けながら清次に言った。

「初めての仕事だから、金を稼ぐまではちょっと大変ですね。こちらの空地に野菜でも作りましょうか」

「そうすべぇ。自給するまではいかねえが、多少は足しになるだろうで」

仕事を終えて、清次が伊助のうしろを歩きながら、何か収入を得る仕事を見つけないと申し訳ないなと考えていた。家に戻ってから、清次は志津に、

「祝言にはかなりの費用がかかったと思うんだ。わたしたちの賄《まかな》い分もかかるし、お志津の蓄えから少し出してあげたらどうだろう。楮が育つまでは収入がないから」

「そうね、わたしもそう考えてたの」

御殿をでるとき持ってきた金子《きんす》はほとんど使ってなかった。志津は、母と夕飯の支度をしながら尋ねた。

「手当が入らなくなったけど、大丈夫なの」

「蓄えがあるでな、心配いらんで」

母の弱々しい口調から、志津は、そんなに余裕はないことを感じとった。

夕飯が整って、四人が囲炉裏の周りに座ってから、

「これ、祝言を挙げてもらったお礼ね」

志津は紙包を父に差し出した。伊助は、紙包を開いて二十両もあるので、

「こんな、大金はもらえねえな。お前たちは、これからどんなことで金が必要になるんか分からねえで。この半分だけもらうべ」

「いいのよ。新さんが、あっ、間違えた清次さんだった。清次さんが差し上げなさいって。わたしたちの分は充分あるの、取ってよ」

亭主の名を間違えて、大笑いになった。

「それじゃ、二人の気持ちを、有り難く受けるで」

伊助は、にこやかな顔をして金子を受け取った。


二人が式を挙げてからひと月が過ぎ、梅雨《つゆ》に入り雨が降ったり止んだりのはっきりしない日が続いていたが、植え付けた楮の苗木にはよい雨であった。清次は、この地で楮の栽培に生涯をかける気でおり、あちらこちらの楮畑を観察して歩いた。どの畑の楮も根元に近い幹から群生した若枝が陽を求めて長く真っ直ぐに伸び出していた。清次は臆せず農家を訪ねて栽培のこつを聞き、指導を受けていた。良質の繊維をとるには枝別れしない若枝を伸ばすことであった。

如才なく働き者の清次は村人たちから親しまれ、道で逢うと清さんと愛称で声を

掛けられるようになり、家でも清さんの呼び名になっていた。

六月中旬には、楮の実が熟して赤紫になった。土地の人は、この桑の実に似た甘酸っぱい果実を採って湧き水で冷やして食べていた。志津はこの甘酸っぱい実が美味しいというので、清次も畑にくるたびに小籠に採って持ち帰った。

すっかり夏の日差しになってきた。伊助は、清次と畑に行くのが楽しみで、清次が追われている身であることをつい忘れがちになっていた。畑に作った野菜類もかなりの収穫で、家では食べきれないほどなので近所にも分けてあげていた。


木々が紅葉し、ときどき木枯らしが吹くようになって、楮の若枝の刈り取りが始まった。伊助と清次は、近所の刈り取りを手伝いながら処理の仕方を学んでいた。各家での白皮干しを終えた頃合をみて、伊助も若枝を刈り取った。二十本の株の若枝だけだが、初めての処理には適当な量だった。釜蒸し、皮剝ぎ、棒打ちをして、庭の引き水で晒し、繊維だけの白皮にして干すという一連の作業を、近所の方の指導と手伝いを受けながら一家で作業を終えた。干し上がった白皮を束ねて紙漉きの業者に売り渡したが、今年の収入は僅かだった。

「今春植えた苗木から刈り取るまで、二、三年は我慢だな」

伊助は、清次を見て笑顔で言った。

肌をさすような山おろしが吹くようになった。雪がちらつくのも間近だろう。清次は、近所では冬場の仕事に美濃紙を使った水引を作っていることを聞いてきた。近所の家に五日ほど通って作り方を学んできた。美濃紙を縦に細く裂いて縒《よ》りをかけ、長い紙縒《こよ》りにして、それに水糊を塗り干し固めるのだが、二尺五寸（約七十五センチ）ほどの長さに、むらなく一様に縒るにはかなりの技術が必要だった。器用な清次は、意外に早く熟達して家族にも教えられるようになった。

間もなく師走に入ろうとしていた。夜は一家で囲炉裏を囲んで楽しく紙縒りにして、それを翌日の朝に水糊にくぐらせて日向《ひなた》に干して水引を完成させていた。これを百本束ねたものを専門の業者が十日ごとに家々を回って買い取っていった。

髪の元結《もとゆい》や書物や帳簿の和綴じなどに需要が増えたので量産するようにと言って、意外に高い値で買い取ってくれた。暖かい家の中で、新婚の二人は、追われている身を忘れて水引作りに精を出して平穏な日々を送っていた。

年が改まって松飾りの取れた日、夕飯の用意をしているとき、

「煮物の匂いで、何だか胸が、むかむかするの」

志津が、むねを撫でながら青ざめた顔で言った。

「支度はだいたい終わったで、部屋で休んでればいい」

「わたしは、お煮つけは欲しくない、梅干しで食べるわ」

と部屋に行った。

きぬは、もしかして、お目出度《めでた》ではないかと思った。

家族そろって夕飯を食べていると、

「ああ、吐き気がする、ごめんね」

志津は、流しに駆けて行った。

「どうもそうでねえかと思ってたけんど、やっぱりお目出度だ」

きぬは、清次と伊助に知らせるように、笑みをうかべて言った。

「ほんとですか。お志津は何も言ってませんが」

「初めてだで、本人はまだ分かんねえんだ」

伊助も笑顔で清次に言った。

「そうならとっても嬉しいですが。一度、村の産婆さんに診てもらいましょう」

清次は真剣な顔になった。

「半月ほど前から梅干しを食べたい言うでな。確かだよ、おらは経験者だで」

「そうか、それは目出度いぞ。清さんもおやじになるか、あはぁ、はぁ、はぁ」

伊助は、嬉しそうに高笑いした。志津が戻って来て、

「何を笑っているの。わたしは気分が悪いっていうのに」

ひとの気も知らないでという顔をした。

「お志津は、つわりなんだよ。お目出度なんだぁ」

「えっ！　でも、まだ、お腹が」笑顔になって腹を撫でた。

「お腹は、そのうちに大きくなるんじゃ、つわりが治まる頃にな」

きぬは身ごもったときのことを思い出すように笑顔になった。

翌日、近所の家で産婆の住まいを聞いて、きぬは、志津を連れて産婆を訪ねた。

「確かにお目出度だね、三月目に入ったばかりだからこの秋に孕《はら》んで出産の予定は八月中旬になるだな。暖かくなってからのお産で、いいあんばいだね」

「よかったあ！　うれしいわ。有り難うございます」

志津は、満面の笑みをうかべて元気に言った。

「この時期が一番大事だよ、無理をすると流産するでな。特に、下腹や腰を冷やさんようにせんとな、それと、滑ったり、転んだりせんよう注意して歩きや、これか

ら雪道になるやから充分気いつけてな」

「はい、気をつけて、お腹の子を守ります」

志津は、満面に笑みをたたえて産婆に頭を下げた。

「わしらの初孫じゃから、でえじにして元気な子を生んでや」

きぬは、嬉しそうに志津の背中を撫でて言った。

「毎月、体を診せに来なさいよ」

「ええ、そうします。有り難うございました」

二人は、顔をほころばせながら、家に戻った。

「清さん！　確かだってぇー」

志津は、叫びながら駆け込んでいった。

「お志津、駆けてはだめだ！」

きぬは、転ばれたら大変だと手を伸ばした。

清次と伊助も土間まで出てきて、よかった、よかったと声を上げた。

出産の費用を考えて、一家で水引の仕事に精を出していた。清次は、買い取りの商人《あきんど》が飯田の者と知って警戒し、志津や伊助に顔を合わせないように言っておいた。

小雪の舞う日、清次がちょっと出かけたときに買い取りの男が来て、志津が応対に出た。

「おや、奥さまですか。お初にお目にかかります。旦那は」

「亭主は出かけてます。お渡しする分を持ってきますので、お待ちください」

志津は用件だけを済ませようと無愛想に言って、水引の束を持ってきた。

「今日はこれだけです」

「へい、五束ですね。じゃ、お代はこれで」

「いただきます」

志津は金を数えて、はい確かにと、立ち上がろうとした。

「あの、ちょっとお話ししてもよろしいですか」

「……」

志津が黙っていると、男は志津をまじまじと見て、

「以前、どこかでお見かけしたような。もしかして、飯田にいらしたことがございませんか」

「いいえ、飯田には行ったこともありません。私はあまり出かけませんので」

「左様でっか。わしの存知あげた綺麗な娘御さんに大変似てらっしゃったもんで、

失礼いたしました。あのー、奥さまのお名前は」

「志津です」田舎ものらしく、ぶっきらぼうに答えた。

「お志津さまでっか。お美しくていらっしゃるでな、旦那も幸せどすなぁ。わしの知ってる娘御は、お城に上がられまして側室になられましただ」

「あの、煮物をしてますので失礼します」

志津は話を切り上げようと、立ち膝になった。

「ああさようで、では、旦那さまによろしうお伝え下せいまし」

振り返りながら帰っていった。

志津は、何となく不安な気持ちで、清次が戻るとすぐに、このことを話した。

「えっ！　それは、まずかったなあ。飯田の商人だというので、警戒していたんだが。追手の耳に入らなければいいが」

夕飯のとき、商人のことが話題になった。

「飯田では初代の殿のお声がかりで始めた水引作りが評判になって、かなり発展しているようだ。商人は利益の一部を藩に冥加金《みょうが》として上納していると聞いているが、藩とのつながりがあるとまずいな。それに、村娘が側室に上がったことまで志津に話して、何か探り出そうとしていると思われる。用心することだ」

伊助も少々不安になってきた。

「今後は、その商人が来ても、お志津は出ない方がいい」

清次は、饒舌《じょうぜつ》で狡猾《こうかつ》そうな飯田の男に志津の顔を見られたことが不安になり、志津から話を聞きだそうとしているように思えて、再び顔を合わさないように注意し、その男が来る頃は必ず家で待っていた。

男は来るたびに愛想笑いをしながら、家の中を窺うような素振りがあった。

「今日は、奥様はお留守で」

「ええ、ちょっと町に出てます」

しかし、使い走りの商人と藩士とのつながりは希薄だし、志津も名を変えているから追手の耳に入ることはなかろうと思った。

この不安が現実になろうとは、清次も思わなかった。飯田藩では下級藩士の内職に水引作りを奨励しており、この商人が藩士の家にも買い取りに入っていたのだった。

二月上旬にこの商人が、以前、中関に住んでいてお城に上がった娘によく似た女が苗木にいると下級藩士に話したのが、役付きの藩士の耳に入り探索の指揮をとっている国家老に伝えられた。

家老は、この商人を呼び寄せ、女の名と年齢や身体つきや顔立ちなどを聞いた。女の名前が違うが、田瀬にいる女が怪しいと矢部兵馬に伝えた。新たに追手頭に任命された矢部は目のつけどころがよく機敏で探索も厳しかった。

矢部は直ちに、業者が水引を受け取りに行くときに藩士を同行させて家を確かめ、翌日から三人の藩士に家の周りで様子を窺わせた。

伊助は、先日のことがあってから家を出入りする際には、それとなく警戒していた。人通りのない道なので、見張りが潜《ひそ》んでいることがすぐに分かった。

「家の周りで侍が張っている、お志津は絶対に外には出るな。清次も出かけるときは笠ば被って顔を隠すといいな」

伊助は、真剣な表情で志津と清次に言った。

「えっ　ほんとー！　でも、どうして？」

志津は、忘れかけていた追手が間近に来て見張っていることに驚き、背筋が寒くなった。

「御殿では、侍の出入りができない庭で仕事をしてましたから、わたしの顔を知らないと思います。でも、用心した方がいいですね。しかし、どうしてこの家を？」

清次はこの家が目をつけられた発端は水引の商人だと思った。

「これは大変なことだ。早速、ご老師さまに相談して来よう」

伊助は、慌てて出かける用意をした。

伊助は手拭いで頬かむりをし、笠を被って外に出た。笠を上げてそっと見回すと、少し離れた土手下の木の根元に腰を下ろして三人の侍が寒風に曝されているのが見えた。気づかない振りをして通り過ぎた。

寺の近くに来て、こちらにも見張りの侍が隠れていることを警戒して、笠を深く被り老人らしく前屈みになってとぼとぼと山門をくぐった。

「伊助さん、よいところに来てくれた、知らせたいことがあるんだ。侍が飯田から来た二人連れを知らないかと聞き込みに回っているということを檀家の人から聞いた。いずれ、田瀬の方にも聞き込みが入ると思われるでな」

老師は一気に話した。

「実は最近、家の周りにも見張りがいますで、今日はその相談に伺ったんで」

「そうか、的が絞られてきているな。二人が田瀬にいるのは危険だ、人の多い所にまぎれて身を隠す方が安心じゃな、木を隠すなら森の中、人を隠すなら人の中って言うだろう。名古屋に行かれては如何かのう」

「田瀬にいては、早晩、見つかると思うで、名古屋に行かせますだ」

「美濃屋さんに雇ってもらえるよう頼んでみるか。早飛脚で書状を送るから明後日には返事をもらえるじゃろう。明後日にもう一度、おいでなされ」

伊助は、急いで戻って、老師の言葉を伝え、清次と志津が追手から逃れて名古屋に落ち延びることを勧めた。

清次は、ここにいては追手に捕まって命を失うことが明らかなので、再び、逃げることを決断しなければならないと志津に告げた。ただ、問題は、志津が身ごもっており四ヶ月目に入ったばかりで、この山岳地はまだ厳冬期、裏街道の逃避行では寒さと悪路の多難な旅を覚悟しなければならないことであった。

翌々日、伊助は、再び老師を尋ねた。美濃屋からの返事が届いていた。

「美濃屋さんでは、ちょうど人手を探していたところでな、是非、二人で住み込んで働いてもらいたいと言ってよこしたよ。お読みなされ」

返書を伊助にわたした。

「ご老師さまのお口添えで引き受けてくれたんですな。何から何までご老師さまにお縋りして、本当に助かります」

「二人とも、名古屋に行くことを承知したんだな」

「あぁ、はい」

「真冬の旅は、辛かろうがな。頑張るよう伝えてくだされ」

伊助は、老師に励ましの言葉をいただき、このことを話さねばと帰りを急いだ。

早速、清次に伝えた。

「名古屋の落ち着く先まで、お世話いただいて、本当に有り難いです。美濃屋さんは紙問屋ですね。私どもがやっている楮や水引とご縁があるようで、きっと名古屋で成功して、ご老師さまやご両親の恩義に報いたいと意を決しました」

清次は、座り直し手をついて頭を下げた。

「二人に出て行かれるんじゃ、寂しくなるでぇ。ここで孫の顔ば見れると期待ばしてたにな。厳しい寒さの中に、お志津を旅立たせるのはなんとも辛いでのう。お腹の子も心配だぁね」

きぬは、目頭を拭きながらいたわるように、志津を見た。

「大丈夫よ。清さんが守ってくれるし、気をつけて行くから」

志津は身の危険を感じながら気丈《きじょう》に言った。だが、寒中の長旅になるのでお腹の子が心配だった。

伊助は、二人を旅立たせるにあたって、老師のご指示を受けようと、再度、雲林寺に向かった。参道脇の大きな杉の下で、二人の侍が震えながら話し合っていた。伊助は笠を深く被り、避けずに素知らぬ振りをしてすぐ前を通り過ぎて山門をくぐった。

老師に、二人が美濃屋を頼って旅立ちの決意をしたことと、志津が身ごもっているので道中が心配なことを話した。

「おや、おめでたでしたか。それは目出度い。で、ご出産はいつ」

「八月中旬の予定でございます」

「さようか、お腹の子を抱えてな、厳しい寒さじゃからなぁ。だが、田瀬も見張られているのでは、いつ追手が入り込んで来るかしれんからの。この際、無理をしてでも名古屋に落ち延びた方がよかろうな」

「おっしゃる通りで、まずは追手から逃れることで、思いきって旅立たせますだ。侍が踏み込んできて見つかれば斬り殺されるのが必至ですから」

「そう決めたら、早い方がよいのう。で、どのような旅姿をなさるのかな」

「百姓姿のままで旅立たせ、寺や美濃屋さんに伺うときのために、着替えを持たせてやりますだ」

「うん、百姓姿か。今時は、入り鉄砲に出女と言われるように、特に、江戸から西に下る女連れの旅は役人の目が厳しいでな。それに追手の探索は女連れの二人を狙っているだろうからな」

「ああ、さようで」

「追手の目をかわすために、道中は雲水姿の方がよろしいと考えるのだが、お志津さんには若い男の雲水僧になって参禅修行に行くことにすればよいじゃろう」

「えっ、志津が男姿に、じゃ髪は？」

「髪を短く切って髷風に結えばよい、網代笠《あじろがさ》を被るでな。ああ、そうだ、うちには僧が冬場に修行に出るときに被る僧頭巾《ずきん》がある、僧頭巾で頭を隠して網代笠を被れば女と分かるまい。二人の装束一式を差し上げましょう」

「有り難うございます」

「ああ、この年は雪が多いで合羽もつけよう。それと、持ち物を入れる笈《おい》もいるな、清次が背負えばよい。お志津さんは、墨染衣《すみぞめごろも》の下の白衣《びゃくえ》と厚手の下着を着れば寒さを凌げるし、前に頭陀袋《ずだぶくろ》を下げるで、お腹が大きいのも隠せるじゃろうな。あはぁ、はぁ」

　老師は、自ら名案だというように笑った。

「ああ、なるほど、追手は百姓姿の女連れで逃げていると思ってるでしょうから、志津が男の雲水姿なら探索の網から逃れられますな」

「それに、清次は棒術の心得もあるから、清次には鉄の錫杖《しゃくじょう》を持たせよう。追手だけではなく、旅人の金品を狙う悪い輩《やから》もおるで、錫杖はお志津さんを守る武具にもなるでな。それに、錫杖の金輪の音は、山中での熊や蛇よけにもなるんじゃよ。明日にでも一式を英照に持たせて進ぜよう」

「恐れ入ります」

「もし、お役人に尋問されたときは、清次は経も唱えられるしな、二人は本寺の檀徒僧で参禅修行をしているといえばよいのじゃ。そうだ用心のため寺請証文《てらうけしょうもん》（寺手形）を出して装束と一緒に英照に届けさせよう。名は僧侶らしく清次は瑞雲《ずいうん》、志津は若《じゃく》宗《しゅう》としよう。これは道中名じゃよ、寺や美濃屋では清次と志津の本名に戻ることだ」

「いやぁ、何から何まで、有り難うごぜえます」

「それから、街道筋は危いですぞ、追手が見張ってるでな、なるべく街道を避け、関所を通らぬ道を行くようにな。尾張さまの領地に入れば安心じゃ。いつまでも男になっているのは肩が凝るじゃろうから、寺に参るときは女に戻るがいいぞ、寺にまで男に化けて入るのでは、お寺さんを騙すことになりますでな。無理をせずに寺を探して泊めて貰いながら行くのが一番じゃ。寺には、追手も寺社奉行の許可なしでは勝手に踏み込めんでな、それにどの寺でも快く泊めてくれるじゃろ。では、名古屋の町役人に出す人別改めの控えと、それに美濃屋さんとお寺への書状を書いて進ぜよう。ちょっと待っていて下され」

老師は、美濃屋宛ての書状とは別に寺向けに三通の紹介状をしたためてくれた。

「どんな経路で行かれるか分からんでな、どこのお寺さんにも出せるように書状には宛名を書きませんがな、その旨を伝えて清次に渡して下され。ついでに、知り合いの禅宗の寺の名を二、三書いてあげよう」

机に向かってすらすらと筆を運び、丁寧に巻き上げて伊助に渡した。

「頂戴いたし、清次に持参させます。ご配慮いただき誠に有り難うございます」

伊助は、書状を受け取り、慌てて立ち上がろうとした。

「まあ、お待ちなされ、まだ話がありますでな」

「あぁ、失礼しました」

「お寺さんへの書状には、飯田の藩主にあらぬ嫌疑をかけられ、追手から逃れて名古屋の知人を訪ねての逃避行ゆえ、内密にと書きましたでのう。美濃屋さんには、二人を飯田藩の追手が探索していることや、御殿に上がっていたことは知らせてないでな、人別帳に記した通り、二人は高山の寺領で知り合って結婚し、親元に移って手伝いしていたことになっておることを清次さんに必ずお伝え下され。美濃屋さんでの名やお寺さんでも名は清次と志津ですぞ、人別と異なると大変ですからな」

「分かりました。いろいろとご配慮をいただきまして、有り難うございます」

「充分に気をつけてな。無事、名古屋に到着されるよう祈っております」

老師のねぎらいの言葉に深々と頭をさげ、伊助は、人別改めの控えと美濃屋宛ての書状と寺への紹介状を大事に油紙に包み、懐にしまって急いで帰途についた。

風が出てきて次第に強くなり、横殴りの風雪が伊助の顔を叩いた。


家では、清次が名古屋に向かう裏街道の安全な経路を模索していた。志津の身を案じ、危険な街道を通らずに、雪道なので難所を避けようと、行く路を紙に記しては何度も書き直していた。途中の宿場に泊まることは危険だが、厳冬の山路で野宿もできず、農家に宿を乞うしかないかと思案していた。

「こんな真冬に行かんでも、寒さが緩んでからでもいいじゃろに」

きぬは、身重の志津を心配して言った。

夕方、伊助が家に戻ってきて老師の話を伝えた。

「美濃屋さんに住み込みで働けるとは有り難いですね。道中、寺に泊まれるように書状まで書いてくれて有り難い、感謝しております」

清次は、受け取って手を合わせて拝んだ。それぞれを油紙に大事に包んで袋に入れた。

「それにな、ご老師さまは、二人とも雲水姿で行く方が安全だとおっしゃるで。志津は若い男の僧侶姿になった方が追手の目をかわせるとおっしゃるだよ。それに出来るだけ関所を通らず裏街道をいくがよいが、一応、寺請証文を出して、名は清次は瑞雲、志津は若宗の僧侶名にするそうだよ」

「えっ！　お志津が男姿に？」

清次は驚いた。

「追手は、女連れを捜しているでな」

「わたし、どんな格好をすればいいの」

志津はびっくりした。

「いや、二人とも少し髪を短くして、寺の僧頭巾と網代笠を被れば若い雲水に見えるでな。明後日に、英照さんが雲水の衣装と背負い箱の笈を届けてくれるだ。それに、清次には錫杖をあげるといってた」

翌々日、朝早くに英照が台車に二人分の装束一式と錫杖を積んで来た。

「荷物が大きいので不審に思われて跡をつけられそうな気がして、見張りの侍たちが来ないうちに夜明けとともに寺を出ました。こちらの見張りもいないことを確かめましたので、ご安心ください」

「大変なお気遣いをさせて、重い荷をお運びいただき申し訳ありません。有り難く頂戴します」

清次は、老師の心遣いと英照の労に感謝しながら、荷を受け取った。

「おや、これは鉄の錫杖ですね」

「ちょっと重いでしょうが、何が起こるか分からないし、身重の志津さまを守らねばならないので、武具にもなる鉄の方がよいとおっしゃられたので」

「ご老師さまは、行く先々のことまで考えてくださるので誠に有り難い」

英照は、まず持参した小刀で二人の髪を短く整えてくれた。衣の着方は清次がよく心得ているので、こちらに見張りの侍が来ないうちにと、英照は早々に帰っていった。

志津は髪を後ろで束ねて若衆姿になった。男のような顔や風体《ふうてい》をどうつくろうかと思案し、清次と相談して赤土を水に溶かして砂粒を沈澱させて表面のとろみのある粘土を薄く顔に塗ってみた。

「清さん、ちょっと見て」

「うん、そうだな、もうちょっと黒みをつけて赤黒い方がいいな」

「じゃ、竈のすすを少し混ぜてみるね」

志津は男に変身することに興味が湧いてきた。いろいろと試して合点のいく泥の顔料を薄く塗り、衣を引っかけて見せに来た。

「清次、じゃない瑞雲殿、これで、どうじゃな」

志津は、太い男声で言った。

「おお、なかなかよろしい。若宗殿」

清次も緊張をほぐすように、ふざけた言い方をした。

「目立たない程度に塗れば日焼けした顔で、かわいい雲水に見えるだが。男の声を真似るのはいいが、あんまりしゃべるとばれるぞ」

伊助は座ったままで、娘の変装を眺めながら言った。

自作の顔料《がんりよう》を小さな二枚貝の器にとって、旅立ちの日に使うことにした。

「それにご老師さまは、志津が男になってるのは道中だけで、若宗は道中名だから、お寺に行くときは、お寺さんを欺《あざむ》くのはよくないから、志津に戻れとおっしゃってたよ。美濃屋さんでもな」

伊助は志津の男姿を見て、言葉をつけ加えた。

清次は、事は急迫していると感じ、黙々と旅の準備をしていた。伊助と相談して明日の未明に出立することに決めた。

志津は金子《きんす》十両を包んで、

「これ、当分会えなくなるから」と涙ぐんで差しだした。

「それは貰えんよ。旅先で何が起こるか分からんし、八月には身二つになるんだでな、子育てにもお金がかかるんじゃからな」

「でも、清さんが渡すようにって」

「金子は全部、清次さんに預けて大事に使いな。それから、妊婦じゃから腹ば冷やさんようにな、これは志津、こっちは清次さんにな」

きぬは、志津に腹巻き、清次には小判を分けて入れられるように仕切をつけた胴巻きを渡した。

清次は、寺では書物や過去帳などを綴じるのに紙縒りが必要なことを知っていたので、水引の束をお礼のしるしにしようと、泊まるお寺の分と美濃屋さんへの分と合わせて六束を個別に油紙に包んで笈にしまった。

「足袋と手甲、脚絆は余分に持った方がいいな、雪道じゃからな」

きぬは、伊助の手甲、脚絆を志津と清次に差し出し、濡れたときに取り替えるようにと言って、しきりに涙を拭っていた。

「それから、これはな、志津の予備の腹巻きと晒しだ、お腹を冷やさんようにな」

きぬは、身重の志津が過酷な旅に出なければならないことが情けなく、とても心配でならなかった。

山中の決闘

風は治まったが、粉雪が降り続いていた。伊助が家の周りを歩いて見張りがいないことを確かめ、「大丈夫だ」と告げた。

清次と志津は寒さ凌ぎに百姓着をきて、その上に白衣と墨染の衣をまとい頭陀袋をさげて、手甲、脚絆をつけ僧頭巾と網代笠を被った。二人は立派な雲水僧に見えた。伊助はこれなら追手にも気づかれないと思った。

志津は棒術の樫の棒を杖に、清次は笈を背負い錫杖を手にして夜の明けきらないうちに家を出た。

笈には、握り飯と経典、それに夜を徹して準備した必要最小限のものが詰まっていた。きぬが外に出て夜空を見上げ、

「ああ雪が降ってる、こんな雪の中を行かせたくねえだが、すっかたねえだなぁ。粉雪だけど合羽を引っかけた方がいいで、ほんに気いつけて行くんだよ」

二人を見て涙ぐんで言った。

さすがに、雪の降りしきる夜明け前、この寒さの中で見張りの侍はいないだろう。だが、伊助は、二人が出立《しゅったつ》した後も家の周りを注意深く見回った。両親の見守る中で、清次が志津の身をかばうようにして雪の帳《とばり》の中に消えていった。

伊助ときぬは、無事を祈っていつまでも手を合わせていた。

二人は、付知川沿いの道を雪明かりを頼りに下って行った。木曾川は、落合川と合流してから苗木城の赤い城壁の手前で西に大きく曲がり、さらに付知川も合流して、下流に行くほど多くの支流を集めて川幅が急に広くなり水量も増していた。

下流では渡し舟を使わなければ渡れなくなる。舟は追手に見つけられる危険があり、舟の上では逃げられないと考えて、木曾川の岸壁に聳える苗木城を見上げながら城山大橋を渡り、木曾川の対岸に出て山路を辿《たど》った。

いつの間にか雪が止み、次第に明るくなりだした。左手に遠くかすんで見える木曾連山の恵那山が日の出を迎えて白い稜線が紅に染まりはじめた。志津は立ち止まって感慨深げに仰ぎ見ていた。

山が幼い日々を思い出させていた。あの山の向こう裾野の中関で生まれ、そこには平穏な生活があり、寺子屋では子たちが慕ってくれた。ああ、あの子たちは大きくなって……今はどうしているだろうか。

あの棚田は……祖父が苦労して開拓したのに……、しばし、感慨にひたり胸をあつくしていた。

「ふる里の山だね。ひと休みしようか、寒くないかい」

清次は、山を見上げて涙ぐむ志津をいたわって、声をかけた。

雪の渓谷を見渡せる土手に、清次は合羽を敷いて並んで腰を下ろした。山の端から朝日がのぼり、雪山を紅に染めて急速に明るさを増していった。

「わたしたち、ふる里を捨てるのね」

「世の中は、大きく変わっているんだ。侍の世がそう長く続くとは思えない。必ず、戻って来れる日がやってくるよ」

「そうね、武士の世から民の世にね。そう願いたいわ」

「何としても生き延びねばならないからね、生まれでる子のためにも。気をつけながら、ゆっくり行こうね」

清次は、自らを励ますように言った。

「ねぇ、清さん！　ちょっと早いけど、朝飯にしようか」

「そうだね。お腹の赤ん坊も食べたいって言ってるだろうから」

「あら、いやだわ。赤ちゃんは、まだこれくらいよ」

志津は笑顔で右手の人差し指と親指を広げてみせ、お腹に分身がいると思うと楽しくなった。

眼下に美しい保古《ほこ》の湖が朝日に輝いていた。この辺りは眺望がよく心の重圧をいささか軽くしてくれた。

山の天気は変わりやすい。さっきまで陽が差していたのに昼過ぎになって急に曇ってきて、また雪がちらつきはじめ、間もなく本降りになった。

街道を避けて細い山道を歩くのはさすがに辛い、踏み固められていない雪道は、新雪に足をとられてなかなか進めず、さらに谷に滑り落ちそうな危険な箇所がいくつもあった。万がいち滑っても止められるように、清次は綱で志津と身体をつなぎ慎重に脚を運んだ。

この雪漕ぎでは時間を費やし、かなり体力を消耗した。清次は身重の志津が滑って転ぶことが心配で、危険な所では志津の身体を支え、坂道ではしっかり後ろについて歩いていた。

暮れかかって、かなり冷え込んできた。昨夜は、あまり寝てないうえ、今朝は暗いうちに旅立ったので、志津は疲労でときどき睡魔がおそってくるらしく足元がおぼつかなくなってきた。だが、宿場に泊まることは、危険な張り込みの中に飛び込むような気がして決断ができなかった。

お寺を探そう、人に出会ったら寺の所在を尋ねよう、人家があったら軒下で休ませてもらおうと、清次は、あれやこれやと考えながら志津の体を抱えるようにして歩いていた。

日が落ちても雪は止まず、行けども行けども人家は見えず、雪道には人の通った跡さえなかった。暗い山の中で動き回ると方向が分からず道に迷う危険がある。この寒さでは夜中はもっと冷え込むだろう、野宿したら凍死かもしれない。清次の頭の中は不安で渦を巻いていた。なすすべがなく神に助けを願い、心の中で一心に念仏を唱えていた。

志津はもう倒れそうだったので、笈を胸に抱えて志津を背負って歩いた。

「ごめんね」と言って背負われたまま寝入ってしまった。清次の背中でぐったりとした体は重く、清次もときどき足を滑らせて転びそうになった。

街道を避けて雪山に入り込んだのが間違いだった。宿場に泊まっていればと、しきりに後悔していた。

ちょっと道幅の広い農道に出て、しばらく行くと、道祖神の祠《ほこら》が見えた。

「あそこの祠で休もう」と揺り起こした。

「ごめんね、ほんとに眠いの、どうしたのかしら」

しかし、祠は小さく人の入れる余地がなかった。清次は道祖神にご加護をいただきたいと手を合わせた。

祠の庇の下に合羽を敷き、笈を覆った布を外して志津の体に掛けてやった。清次の膝を枕にして身体を抱くようにしてやるとすぐに寝入った。清次もうつらうつらしていると、誰かが呼びかける声に驚いてはっとした。

「やあ、驚かすただかぁ。えらく寒いちゅうに、雲水さんが道端で寝とるんじゃで、どなんしたかと思ってなや」

馬を引いた、人のよさそうな爺さんだった。

「ああ、有り難うございます。参禅修行に行く途中で、知人を訪ねようと思って山道に入り迷いまして、この若いのが大変疲れているんで休んでましたんで」

志津も起きて、話を聞いていた。

「宿場を探していなすったんかね」

「この近くの宿場は、どこですか」

「街道に出なきゃなんねえだなぁ。街道に出て一里半ほど西に行けば大井宿がある けんど、ここからだと三里ほどあるで、街道までは山道でなぁ。雪が積もってるで、街道に出るまでがてえへんだで」

「こいつは体が弱くて、疲れてふらふらしているんで」

「けど、ここで夜を過ごす積もりかね、凍え死んじまうだよ。そんなら、おらんちに泊まれや」

「そうして頂ければ、大変有り難いです。お願いします」

清次は、道祖神のご加護を受けたと手を合わせた。

「ここから、二町ほど下ったところだ、一緒に来いや。そっちの若けえのは歩けるんかね」

「少し休んだのでなんとか歩けます。有り難うございます。助かります」

志津も丁寧に頭を下げ、男の低い作り声で礼を言った。

細い道に入って、清次と志津は馬の後ろについて歩いた。

「おら吾作といいますだ。切り出した丸太を馬橇で運ぶ馬方ですがな、橇は現場に置いてきただが、馬だけ連れてのけえりですだ。おら、婆さんと二人の孫と暮らしてんだ。せがれと嫁は宿場の旅籠に住み込みで働いてますでな、部屋が空いてますで気軽に泊まって下せぇ」

ざっくばらんな好人物らしく、歩きながら家のことを開けっぴろげに話してくれた。

「失礼しました。私は瑞雲、これは若宗と申します。南木曽《なぎそ》から来たんですが、朝方は天気だったんで山歩きをしてみようと山に入ったら、天気が急に変わって雪に降られ、道が分からなくなりまして」

とっさに、志津を僧侶名で紹介し、追手が聞き込みに来るのを警戒して旅立ちの場所まで隠した。

志津が若宗と紹介され、はっとして清次を見た。

「よそから来た人が雪山にへえるのは無理だぁ」

「お宅に泊めてもらえるとは誠に有り難いことで、おかげで命拾いしました」

しばらく歩いて、灯のついた農家の前に出た。

「ここがおらの家だ」

吾作の家は、意外と大きな一軒家だった。吾作は馬を小屋につないでから、

「おーい！　けえったぞー。客人をお連れしただよ」

婆さんが出てきて、驚いた様子で立っていた。

「お世話になります」

「あっれまあー、珍しいなや。この山奥には、めったに人が来ねえでや。雲水さんたち、どなんしたんや」

「山で道に迷って、道端で休んでるところを助けてきただよ」

「お疲れですな。すすぎを持って来ますから、こっちさ掛けて待ってくだせぇ」

婆さんというより人のよさそうな、おかかと呼べる似合いの連れ合いであった。

清次と志津は土間に入って、上がりかまちに腰を掛けて待った。二人の孫が珍しそうに駆けて来て、二人をじーっと見つめていた。

「坊やいくつ」

清次は、笑顔で尋ねた。

「………」

「田舎坊主で人が来んのが珍しいもんだから、びっくりこいでいるんじゃ。七つと五つになりますだ」

すすぎを持ってきた婆さんが代わって答えた。

濡れた足袋と脚絆を脱ぎ、桶のぬるま湯で手足を洗った。勧められて居間に上がって、雲水姿のまま囲炉裏の側に座った。

「わたしは瑞雲、これは若宗と申します。突然に参りましてご厄介になりますが、よろしくお願いします」

清次は、婆さんに丁寧な挨拶をした。参禅修行で行脚《あんぎゃ》の途中、慣れない山道に入り雪道で迷ってしまったことも話した。

「白湯《さゆ》ですだが」

婆さんが柔和な顔で湯を勧めた。

二人とも湯呑みで両手を温めながら湯をすすり、冷えきった身体の内から温めてくれた。志津は衣の下に手を入れてお腹をさすり、ほっとしていた。

「吾作さんに会えて救われました。一時はどうなることかと、とっても不安でしたが、暖かい部屋で寝れるなんて、ほんとうに助かります」

「若い坊さまは、女みてえに可愛いらししか、なぁ」

婆さんが志津を見て言った。

「お恥ずかしい次第で」志津が男声で言った。

「濡れた脚絆と足袋は、囲炉裏の上に釣ったあの金網に載せておきなせぇ」

吾作が金網を指さして言った。

「明日までに乾くでや。さて、夕めしにすっか」婆さんが立ち上がった。

「あのー、夕飯は握り飯を持参しておりますので、お構いなく」

清次は、婆さんが突然の来訪で、困るだろうと思った。

しばらくして、婆さんがお勝手から味噌汁の鍋を持ってきて囲炉裏に掛けた。

清次が笈から握り飯を取り出して広げると、

「ああ、囲炉裏で焼いて食うといいで、網ば持ってきてくれや」

吾作は、気をきかして婆さんに言った。

網に載せたおにぎりの味噌が焼ける香ばしい匂いがして、子どもたちも食べたそうに、おにぎりをじーっと見つめていた。清次は子どもたちの分のおにぎりも網に載せた。

「味噌汁だけでも、召し上がってくだせえ」

婆さんが、味噌汁を椀に盛って勧めてくれた。

「坊やたちにも、おにぎりをあげようね。熱いから気をつけてな」

清次が言うと、志津は黙って焼き上がったおにぎりを一つずつ竹の皮に包んで、二人の子どもに渡した。志津は、できるだけ話さないように俯《うつむ》いていた。

「お減らしして申し訳ねえの。人のものを食べたがってぇなぁ。申し訳ねえな」

「沢山持ってきましたので、ご心配なく」

清次が答えたが、握り飯はもう残ってなかった。

子どもたちは、口いっぱいに頬張り美味しそうに食べていた。田圃の少ないこの山地では、米の飯は盆と祭の日以外には口に出来ず、雑穀に干し大根とその干し葉を刻んで炊き込んだ雑穀飯を食していた。

「うめえな、この汁」志津はお腹を撫でながら暖かい汁をすすっていた。

食事が済んで、婆さんは隣の部屋に寝具を敷いてくれた。

「疲れていなさるだで、あっちで休みなせぇ、厠《かわや》は馬小屋の隣だでな」

婆さんは、隣の部屋を指さして言った。

「有り難うございます。お先に休ませていただきます」

清次は、志津を目で促しながらゆっくりと立ち上がった。

用を済ませて部屋に入って横になると、二人ともすぐに寝入ってしまった。

朝、鶏の声に目を覚まされた。

「あーあ、おかげでよく眠れたぁ！」清次は、志津を元気づけようと声をあげた。

「わたしも、すっかり疲れがとれたわ。でも、話をしないのも辛いね」

二人は庭に出てみた。すでに、吾作爺さんは馬に干草を与え、馬の背を藁だわしで擦っていた。

「お早うございます」

「ああ、お早うさん。まだ、寝とればいいで」

「ゆっくり休ませていただきました。今日は晴れてくれるといいのですが」

「あの山に雲がかかってねえから、まずは大丈夫だぁ。わしも朝飯を済ませてから仕事に出るでな。いっしょに朝飯にしようや」

「先を急ぎますので、途中で握り飯を食べますから。そろそろ出かけます」

「おーい、婆さん。お客さんがお立ちだとよ」

婆さんが出てきて、

「濡れた草鞋《わらじ》は履かんで、新しいのを出してあげるから、ちょっと待ってな」

土間に吊るした草鞋を二足持ってきてくれたので、早速履きかえた。

「大変助かります。有り難うございます」

清次と志津は、命を助けてもらったうえ、濡れた脚絆や足袋を乾かしてもらい、新しい草鞋まで出してくれたことに、心から感謝して揃って頭を下げた。

「大変お世話になりました。これほんの気持ちだけですが」

清次は紙に包んだ金子を差しだした。

「いや、そんな心配いらねえだ」

清次は、吾作の手に握らせた。

吾作は、紙包みをすぐに開いて、

「何もしてあげられねえのに。こんな大金をいただいては、申し訳ねえだや」

「とんでもありません。おかげで命拾いしたんですから」

「じゃ、有り難くいただきますだ」

吾作は押しいただくようにして皺《しわ》しわの笑顔で言い、側で婆さんも頭を下げた。

大井宿に出る道を聞いてから、老夫婦に挨拶して別れた。

曇り空で雪は降ってなかったが相当積もっていて、吾作爺さんの言うとおり街道に出るまでの雪の山道はかなり難儀した。街道に出ても雪に足をとられ転びそうになりながら、ようやく朝飯も食べずに昼過ぎになって大井宿に着いた。


宿場近くになって雪が降り出してきて、やがて本降りになった。握り飯はなくなっていたし、温まるものを食べた方がお腹の子にもよかろうと、宿場はずれの休み処の水野屋に入った。客はなくのっそりと出てきた小女《こおんな》にうどんを注文した。

腰掛けて待っていると、小女が奥に入ってしばらくして店の主らしい男が出てきて、二人をじっと見て愛想笑いをし、

「あいにく、また降り出してきましたな。どちらからお見えで」

「ああ、瑞浪《みずなみ》からで」

「さようで、して、どちらに行かれますんで」

「知り合いの僧侶がいる中津川の東円寺に参りますのや」

清次は、一見《いちげん》の客なのに行き先まで尋ねるので少々不安になって、老師の教えてくれた寺の名を答えた。

「出来るまで、お待たせすることになりますが、よろしいですか」

「待ちましょうか」

清次が志津に同意を求めた。

「そうね」

店の主は声を聞いて、はっとして、志津をじっと見て背丈や声から女と察して、にんまりとした。

「それじゃ、座敷にお上がりいただいて、ゆっくりくつろいでいてくださいまし。おい、すすぎを持ってこい」

小女が桶に入れたすすぎを持ってきて、黙って置いていった。手足を洗って上がっていると、裏で馬を引き出すような音がして、すぐに駆け出していった。

一方田瀬では、二人が家を出た日の朝方、追手頭の矢部兵馬が伊助の家に、ずかずかと入ってきた。

「ご免！　ちょっと尋ねたいことがあるのだが、若夫婦はご在宅か」

「はい、いま所用で外に出ておりますが」

藩士の後ろに一台の女駕籠があり御殿女中の姿が見えたので、伊助はどきっとしたが、平然としてゆっくり答えた。

だが、胸の鼓動が小太鼓を打つように高鳴っていた。検分のために、多恵のお付き女中だったお駒を連れてきたのであった。

「夫婦で出かけたのか」

「へえ、さようで」

「何処に行ったのだ」

「はい、この奥の向山に行きましたんで」

とっさに、行き先を逆の山の方を答えたが、顔は青ざめふるえ声であった。

「戻るのは何時か」

「ああ、その、法事がありまして、今夜は先方に泊まりますだが」

「泊まる？　確かだな」

「はぁ、確かでごぜえます」

「ちょっと、部屋を見せてもらうぞ」

「散らかっておりますで、ご勘弁を」

矢部兵馬が侍たちに手で合図をすると、侍たちは草鞋のままどかどかと上がり込んできた。

「あのー、お履き物をお脱ぎいただいて……」

その声を無視して部屋を隈無く見てから、侍が矢部に何やら耳打ちしていた。

「では、また参るぞ」

伊助の不安な目で青ざめている様子から、矢部はすぐに逃げられたと直感した。

伊助は二人を未明に旅立たせたのがよかった、間一髪で助かったと胸を撫で下ろした。

矢部兵馬の迅速な行動と判断力は見事なものであった。

この寒さの中に冬山に逃げ込むはずがない、逃走するなら街道を町の方に向かうだろうと判断し、逃げた下男が雲林寺と関係があることから推察し、僧侶に化けて逃げていると睨《にら》んだ。

その日のうちに中津川宿の旅籠豊田屋を拠点に決め、六組の追手のうち三組九人を中山道の落合、大井、細久手《ほそくて》の各宿場に配置した。さらに、宿場の休み処などに、〈重罪を犯した男女の二人づれを探しておる。百姓姿か僧侶姿に変装している場合もあり、不審な者を見つけ次第、中津川の豊田屋に通報すれば金子二両を与える〉と書いた人相書きを藩士たちに配らせていた。

ちょうど、この人相書きが配られた翌日に、二人は大井宿に来て、この水野屋に入ったのであった。店の主は手配の二人と直感し、店の者を追手の拠点の豊田屋に馬を飛ばして知らせに行かせたのであった。

二人は座敷の掘炬燵《ほりごたつ》で、冷えた身体を温め、すっかりくつろいでいた。

「随分、待たせる店だなぁ」

清次は、再び、不安な気持ちになって、

「ご亭主！　ご亭主！　約束の刻限があるので、早くしてもらいたい」

と催促した。

「はい、もう少しお待ちくだせい。いま竈に火を入れたところなんで」

それから半時《はんとき》（一時間）も待たされてから、ようやくうどんが運ばれてきた。

清次は、急いで食べて店を出ようと志津の耳もとで言った。

食べ終わって代金を払い、旅支度をしていると、

「ごゆっくりなさって下さいまし。いま、お茶を入れてますから、地元の銘茶ですよ。どうぞごゆっくり」

「いや、急ぐでな」

「雪が止んでからお出かけなさったら如何で、多分、しばらくすると雪は止みますだ、是非そうなさいましな。おーい、お茶をいれて運んでくれ」

店の主は、しきりに引き留めようとした。

あまりに執拗な言動に不審を抱き、先ほど馬を走らせたような物音から清次は危険を悟って店を出た。

急いで店を後にすると、主は二人の行き先を見届けるように、いつまでも店の前に立っていた。しばらくして、誰かが跡をつけて来るのが分かった。店の小女だっ

た。急ぎ足になると小女も駆けてきた。とっさに街道脇の神社の鳥居をくぐり社《やしろ》の裏に隠れた。

小女の姿が見えなくなってから、宿場はずれから山の方に逃げた。林をぬけて山を登っていると、街道を駆けて来る数頭の蹄《ひづめ》の音が聞こえてきた。やはり、追手に知らせたことが明白で清次の判断は正しかった。

「ああ、助かった。危ないとこだったわね」

志津は、清次に寄り添って言った。

「間一髪だったよ。あの亭主を見たときから狡猾《こうかつ》な奴と思ったんだ。追手が中山道を来るから街道に出るのは危険だ。この山道をしばらく登ってみよう」

清次は志津の身をかばい、山の奥へ奥へと進んだ。

だが、この山道はどのようになって、どこにつながるか見当もつかなかった。ただ、志津を守らなければならないという一念であった。牡丹雪が音もなく降り続いていた。

かなり歩いて小さな湖に出た。どうやら名古屋とは逆の方向に戻って来ているらしい。湖畔の木の下で休みたいという志津を励まして、さらに登って行くと前方に小屋を見つけた。隣に雪に覆われた窯《かま》があるので炭焼き小屋だと分かった。

「使われていないから、あの小屋の中で休もうか」

「そうね、あーあ、とっても疲れたわ。気づかれね」

清次は、小屋の戸をこじ開けて志津を入れた。炭屑《すみくず》が散乱し、隅に炭俵《すみだわら》が積んであり空の俵も載っていた。山の日暮れは早く小屋の中は薄暗かった。

清次は、自分と志津の濡れた合羽を炭俵の上に広げてから、小屋の戸を開けたまま雪明かりの中で空俵を敷いて寝床を作ると、志津は力なく空俵に座った。

清次は、肩を抱いて手を握ってやった。手は氷のように冷たかった。清次は衣を脱いで志津に掛けてやりながら、御殿を逃げだしたときの水車小屋を思い出し、またもや山の中を逃げ回るようになって、果たして志津を幸せにできるのだろうか、お腹の子を無事守れるだろうかと案じていた。

「道を知らない山中で、夜分歩き回ると道に迷って大変なことになりかねないから、今夜はこの小屋で過ごして、朝日が昇ったら方向を見定めて出かけよう」

二人は、小窓から射し込む雪明かりの薄暗い小屋の土間で空俵に座り、追手が襲って来るような不安な気持ちと寒さで抱き合っていた。

志津は清次の腕に抱かれて眠っていたが、清次は、枝に降り積もった雪の落ちる音に驚き、山に帰ってくる鳥の羽音にも聞き耳を立てていた。雪はやみ宵の月が次第に明るさを増して雪面を照らしだしていた。

清次は、少し落ち着いてきたら食べ物のことが心配になった。昼過ぎにうどんを食べただけで、今夜も明朝も何も食べる物がなくなっていた。食べ物もなく山を歩き回るのでは先々不安だし、志津の体に障るので、

「日暮れ前に、宿場に行って食べ物を買い求めて来るよ。店の主に中津川の東円寺に行くと告げたので、追手は中津川の方に駆けて行っただろうから、衣を脱いで百姓姿になって手拭いで頬被りすれば分からないだろうよ」

腰を上げようとした。

「やめて頂戴。清さんが捕らえられたら、残された私はどうすればいいの」

志津が裾にすがりついて止めるので諦めた。

清次は笈の中を手探りして、竹の皮に包んだ一切れの干物をみつけた。

「干物が残ってたよ、少しは腹のたしになるだろうから」

と志津に渡そうとすると、志津は食べ物がないことが分かっていたので、

「あすの朝、食べましょう」と言った。

清次はここの地理が分からず明日この山から出られるだろうか、どのようにして名古屋に向かえばいいのかと自信を失いかけていた。だが、志津を元気づけようと

明るく振る舞っていた。

「明日、寺を探そう。老師の書状を持っているのだから」

清次は、自信ありげに言った。だが、この地のどこに寺があるのか、まったく分からなかった。


追手が拠点とする中津川宿の豊田屋では、水野屋からの通報を受けて、矢部が直ちに藩士九人と街道を馬を飛ばして水野屋に乗りつけた。だが、すでに二人が去った後だった。

矢部は、亭主が二人を引き留めて置かなかったことを責めたて、大声で怒鳴りつけていた。

「申し訳ありませんでした。行き先だけは聞いておきましたのでご勘弁を」

「して、何処へ？」

「はい、二人は雲水姿で中津川の東円寺に行くと言ってました。店を出て街道を東に行くのを確めましたんで」

「中津川とな。一人は女子《おなご》であったか」

「男の雲水姿ですが、女の声でしたんで、たぶん女かと」

「二人はどんな格好だったか」

「はい、雲水さんはみな同じに見えますが、若い方は中背で長い棒を杖にして、背の高い男は笈を背負い錫杖をもってました」

「あい、分かった」

「あのー、礼金をいただけますか」

主は、情報を提供した謝礼を求め、金子二両をもらった。

「何か事があったら、すぐに知らせよ。豊田屋にな、よいな」

「へい、たしかに」

矢部は、まだそう遠くには行くまいと推測し、寒い時期に女連れで山中には逃げ込めないだろうと思ったが、念のため三人の藩士を宿場の先の山中探索に向かわせ、二組を中津川と恵那峡の方面に分けて探索を命じた。

「二人は、雲水に化けているぞ、女子《おなご》も男のなりをしてな。雲水に出会ったら、捕らえて丹念に調べよ。それから、男は棒術を使うので心してかかれ」

「棒術なんぞに殺《や》られはしねえぞ、なあ」

山中探索組の剣に自信のある組長の上田が二人の組藩士に向かって言った。

「上田、その侮りがよくない、嘗《な》めてかかると逃げられるぞ。皆に命ずる。発見したら二人とも斬殺してよい。逃げた場合、組の一人がどの方向に逃げたかを至急知らせてくれ、その方角に他の組の藩士を応援にあてる。わしは豊田屋で報《しら》せを待つ。では、直ちに行動にかかれ！」

矢部は逮捕の目処がついたと思って、自信ありげに告げた。

恵那峡組と中津川組は、即刻、それぞれ馬で駆けた。山中探索組の三人は馬を水野屋の裏につないで、組長を先頭に龕灯《がんどう》を持って、大井のはずれの登り口から山に向かった。

すでに日は暮れていたが、雪明かりが小窓から差し込んでいた。

志津は、身も心も疲れはてて寝入ってしまい、清次もうつらうつらしていると、かすかな話し声が耳に入った。

瞬間的に、何者かが探し回っている様子を察知した。早速、志津を揺り起こして、声を立てないように合図し、荷物を全部笈に入れて小屋の外に出して、小屋から少し離れた木の下に雪穴を掘り笈を入れたが、穴は浅く笈の半分が出てるので雪を掛けた。

月光がいつもより明るく感じられ、笈が発見されるのではなかろうかと気になったので、笈を小屋の裏に隠し直そうと思って辺りを見回すと、龕灯らしい明かりがちらりと見えた。とっさに追手が登ってくると判断した。

もう、笈を隠し直すゆとりはない。志津を安全な所に連れていかねばならないし、小屋を元の状態に戻さなければ人がいたことが分かると思った。

笈に掛けていた布を志津の肩に掛けて小屋の外に待たせ、人の気配を悟られないように、急いで小屋に敷いていた空俵を片隅に積み上げ炭屑を散らかした。

志津の手を引いて雪の踏み跡を消すようにして歩いた。崖下に隠れようとして崖を覗《のぞ》いた。ちょうど月明かりが崖を照らしていたが、崖は急な傾斜で深い谷になっているようだった。志津を待たせて、清次が木に摑まりながら崖を五尺ほど下りて様子を見た。

急斜面のため積雪はさほどでないが、足を滑らせたら谷底に転落しそうだ。如何にして志津を連れてきたらよいかと思案しながら、木から木へ手を伸ばして隠れ場所を求めて崖を下りた。志津だけでも隠す所がないかと必死で探した。

枝の雪を払い落とす音が間近に聞こえてきた。危機は迫りつつあると感じて焦った。ちょうど崖の木の根元に身を隠せるような大岩があった。清次は志津のところに戻り、志津を背負って慎重に木の根に足を掛け、枝を握りながら急な斜面を下りた。岩陰に志津を座らせて声をたてないようにと口に指をあてて示し、肩に掛けていた布を頭から被せ隠した。

志津は屈《かが》み込んで身を硬くし、杖を握りしめて様子を窺っていた。

清次は錫杖を手にして志津の側に屈んだ。追手の話し声が次第に近づいてきた。

「おい、あそこに小屋があるぞ」

という声が聞こえ、小屋に駆け寄って行くのが分かった。

「炭焼き小屋だ」

「炭屑が散乱していて人のいた気配はなさそうだな」

「龕灯で照らしてよく見ろ。隣の窯の中も調べろ。窯には人も隠れられるからな」

組長らしい侍が取り仕切っているらしい。清次は、笈が見つけられるのではないかと、はらはらしながら耳をすましていた。

「あっ、雪の上に人の歩いたような跡があるぞ。この辺りをしっかり捜せ」

志津は、この話し声を聞いて岩陰に身を屈め、息をころしていた。

「この崖下にいるらしいぞ、おい蒲池！　龕灯で崖を照らしてくれ」

先頭の侍が棒切れで枝を払い、雪を落としながらやって来た。相手は見えないが、清次にはその様子が手にとるように分かった。

清次は、錫杖を雪面に突き差して木につかまっていたが、発見されそうな気がして、志津を岩陰のさらに奥の方に押し込めて、掛け布の上から雪を被せて隠した。

追手がこの狭い場所で二人の存在を知った上は、執拗に探し回っていずれ見つけられ、その場で斬り殺されるだろう。志津を守らねばならない、相手を殺《や》らねば、殺られる。清次は、錫杖で戦う覚悟を決めた。

追手の目を自分に引き寄せるため、志津からできるだけ離れようと崖を斜めに下りて行った。斜面を見回して、錫杖を振り回せる適当なところを探した。少し下りたところに太さ五寸ほどの立木があり、前に樹木がないので、その木の根元に足を置けば、滑らずに充分に錫杖を振るえるとよんで、雪を崩さぬようにそっとその木に近づいていって立木を背に踏ん張ってみた。

〈よし大丈夫だ、充分戦えるぞ。志津を守るためには相手を殺らねばならない、ここで待とう〉心が決まって、次第に力がみなぎってきた。

「おい蒲池、崖をゆっくり照らせ。足跡を探すんだぞ、皆しっかり見ろよ」

龕灯で崖を嘗めるように照らし、侍たちが執拗に見回していた。

「あそこに人が下りて行ったような雪くずれが見られるぞ。もっと下を捜せ！」

三人は崖を下り始めた。清次は、志津が見つかるのを恐れた。

清次は、周到に足場を固めてから、雪面から突き出ている大きな岩片を錫杖を使って谷に突き落とした。

「おい、滑り落ちた音がしたぞー！　あっちだ！」

「谷に下りて、逃げたかもしれんぞ」

「あれは、谷底に落ちた音だ。谷に落ちたら助からんだろう」

「下りてみるか」

「いや、谷はどれくらい深いか分からんし、われらも滑り落ちる危険があるぞ。あの音からして無事じゃねえだろう。明日、谷に下りる道を見つけて、慎重に探索することにしようや」

龕灯を持った蒲池と呼ばれた侍が、龕灯で谷を照らしながら言った。

「いや、あれは人が落ちた音じゃねえ、もうちっと探せ。逃げ回っているということは探索の二人に間違いねえ。必ずこの崖に隠れておるからよく探せ。取り逃がしたらわれらが責任を取らされるぞ。井上、音のした方の崖を下って見ろ」

組長らしい男が、部下を鼓舞するように声高に命じた。

清次は、再び錫杖で木を叩いて雪を落とし、相手を誘い込んだ。

「この下で、また音がしたんだぞ。龕灯で照らしてみろ」

「あっ！　いたぞー。あの木のところで人が動いてる。男らしい」

龕灯で清次の顔を照らし、確認するようにしばらく見てから、龕灯を崖の上に置いて、三人は抜刀して慎重に斜面を下りて清次の方に向かって来た。

月光が崖を照らしていた。清次は、錫杖を握って身構えた。

「おい！　おぬしは新吉だろう！　新吉！」

先頭の侍が清次の下男のときの名を呼んだ。

「瑞雲と申す雲水僧だ」

「偽りを申すな！　お前は新吉だ。おい新吉、連れの女はどこに隠した？」

「……………」

「返答なくば、斬り殺すぞ」

三人は、三方に分かれて慎重に迫ってきて、しばし無言で構えていた。

「やぁ！」

鋭い叫び声をあげて、一人が右側から迫って斬りかかった。だが、剣先が届かず雪面を払った。

すかさず、清次の錫杖が風を切って振り下ろされた。相手は危ういところで身を躱《かわ》して尻餅をつき、危うく刀で受けとめ、金属音とともに雪面に火花が散った。

「なんだその様《ざま》は！　奴は棒術の使い手だ。錫杖は鉄らしい、油断すな！」

真ん中の組長らしい侍が声高に叱咤《しった》した。

二人が左右からにじり寄るように距離を縮めて同時に斬りかかってきた。清次は、すばやく錫杖で右の相手の踏み込んできた足を払って、切り返して左に払った。

鋭い音とともに火花が飛んだ。「あっー！」甲高《かんだか》い叫び声を上げ、足を打たれた侍は谷底に滑り落ちていった。錫杖は左の侍の胴をかすめただけだった。

残った二人が、刀を上段と下段に構えて迫ってきた。棒術で鍛えた腕には自信があった。清次の構えにすきがないので、二人の侍はなかなか切り込めずに無言のまま睨み合いが続いた。

下段に構えた侍が突きの体勢になって進み出た瞬間、錫杖は相手の肩に振り下ろされた。肩を押さえてうめき声をあげて倒れた。すかさず面を打ち、すばやく錫杖の石づきで崖に突き落とした。相手は悲鳴をあげて滑り落ちていった。

清次は直ちに、もう一人の侍に向かって錫杖を構えた。相手がにじり寄ってきて振りおろした刀が清次の左の腕をかすった。続いて右から振り払ってきた刀を錫杖で受け止め、鋭い金属音が谷に響いた。相手は足もとが不安定になり、尻込みするよう後ずさりして崖を上り始めた。

その隙を見逃さず、錫杖の石づきが相手の胸を突いた。侍は大きなうめき声をあげて仰向けに倒れた。ただちに、その男の頭に猛烈な勢いで錫杖を振り下ろした。

三人を倒した清次は、志津が隠れている岩陰に駆け寄って「お志津」と、息を弾ませながら呼んだ。

「清さん」志津は、か細い震え声で応えた。

「さあ、ゆっくり出て」

清次の伸ばした手を志津は堅く握りしめ、引き上げてもらってから、しばらく声が出ず、胸の動悸がおさまらないまま雪の上にうずくまった。清次が抱き上げようとすると、志津はおもいっきり抱きついて泣いた。

しばらくして、

「大丈夫だ。さあ、寒いから小屋に戻ろう」

清次に促されて志津はようやく立ち上がった。壮烈な決闘を間近に見て、清さんがいなかったら、生きていなかったとしみじみと思って涙を拭いた。

「あそこの崖で倒れている侍、まだ呻《うめ》いているわ。あれ、あそこで……」

志津は、倒れている侍が起きあがって襲ってきはしないかと思った。

「ああ、頭を強打したんで間もなく仏になるだろう。身を護るには、致し方のない所業なんだ。相手を殺すか自分が殺されるかだからね」

清次は自分に言い聞かせるようにいって、侍の方を向き合掌し念仏を唱えた。

笈を掘り出して背負い、清次は志津の手をとって歩きだすと、

「清さん！　あれ、あれ見て……あそこに明かりが……」

志津は、明かりを見つけて、追手がまだ潜んでいると思って、指差して清次に教えた。

「ああ、あれは彼らの龕灯だよ」

雪面に置かれた龕灯が崖の方に向けられていた。

「でも、動いているわ」

「炎が揺れているんだ、もう追手はいないよ。龕灯を置いて、抜刀して崖を下りて迫って来たんだ」

清次は静かに言って、近づいて行って龕灯を手にして志津に振ってみせてから、龕灯で谷を照らしてみた。だが、谷底を見るだけの明るさがなく、谷は闇の奥に沈んでいた。谷に向かって再び合掌して、龕灯を持って小屋に戻った。

龕灯の明かりが小屋を照らし、志津は、やや落ちつきを取り戻した。

「あれ！　清さん、腕から血が！」

「ちょっと、浅い傷を受けただけだよ。何ともないよ」

「だめよ手当しないと、どれ見せて、腕は上がるの？」

「うん、大丈夫。相手の刃がかすっただけだから」

衣の袖が切れて血が流れ出ていた。

「薬を持ってたでしょ」

「ああ」と言って、清次は笈から手拭いと塗り薬を出して志津に渡した。

志津は震える手で手拭いを縦に引き裂いて、上腕を結んで血止をし、傷口に塗り薬をつけて布で巻いてくれた。

「ありがとう、血はすぐ止まるから、心配しなくていいよ」

「滑り落ちる音を聞いたとき、清さんが谷に落ちたと思ったわ、生きていますように懸命に祈っていたの。もうだめかと思った」

と、また涙を流した。

「ご老師が万が一のためにと、持たせてくれた鉄の錫杖のおかげで助かったよ」

清次は、刀より長い錫杖が命を救ってくれたんだと、錫杖を前に置いて合掌し、ご老師さま、これからもどうぞお守りくださいと祈り、さらに、僧が使う錫杖で殺《せっ》生《しょう》した罪の許しを仏に請うた。側で志津も手を合わせていた。

半時《はんとき》ほどして、志津はようやく興奮が治まってきた。

「あーあ、驚いた。ここまで追手が来るなんて、わたしは寝入ってしまったのね。でも清さんが気配を感じてすぐに小屋から出してくれたから助かった。清さんの勘は鋭いわ、清さんのおかげね」

「あの瞬間、お志津を何処に匿《かくま》うか、笈をどこに隠そうかと、とっても焦ったよ。とっさに雪面の足跡も消さないといけないと思ってね、あれやこれやと一度に浮かんで、頭の中で渦を巻いてたよ」

「侍が清さんのところに駆け寄っていったとき、心配になって掛け布を上げて見てたの。三人の侍が清さんに斬り掛かって三本の刀が月明かりできらりきらりと光ったのを見て怖かった。どうか助けて下さいと懸命に祈ってたの」

志津は、胸を抑えて小声で言った。

「もう心配で、心配で。岩陰から見てたの、清さんはさすがに強いわ」

「刀より錫杖の方が長いし、雪の斜面では足元のしっかりしたところで、下で待ち構えていた方が有利なんだ。この鉄の錫杖で打たれた侍たちは骨が砕けているだろうな」

「でも、生きていて、崖の途中から這い上がって、別の追手に連絡するかも知れないわ」

「谷は深いし、真っ暗闇だから、歩けないだろう。もう大丈夫だよ」

清次は、志津を安心させようと言ったが、怪我をしている侍が谷を回って連絡に行く危険を感じていた。

「さあ、寝ましょう」清次は龕灯を消した。

だが、二人とも恐怖と寒さで朝まで一睡もできず、いつでも小屋から逃げ出せるように身仕度したまま朝を迎えた。

「再び、追手が来ると大変だから、早くここから退散しよう」

清次は、いつまでも小屋にとどまっていては危険だと思った。日の出の位置から、方向を見定めることができた。雪に囲まれた小屋では食べ物がないまま過ごせないし、危険から逃れたいので、清次は、早々に山を下りようと考えていた。

しかし、志津は、新たな追手が途中で待ちかまえているような気がして小屋を出るのが怖いといった。

「登って来たのと逆の道を行くから、大丈夫だよ」

「ここの道を先に進むの？　でも、何処に行くの、道に迷うと大変よ」

「心配しなくていいよ。方向が分かれば、この辺りの地理はほぼ見当がつくから」

清次は明るい顔で言ったが、この山が美濃の何処に位置するか、そして今、山の辺りにいるのか見当がつかなかった。

何としても、この山から下りなければ、一日中水だけでの山歩きになり、志津の身にも差し障りがあると案じていた。

清次は、笈から昨夜、食べなかった干物を取り出して、

「これもよく噛みしめると、美味しいよ」

と言って、志津に渡した。

「清さんも食べてないじゃないの」

「いいんだよ、お志津は、お腹の子にも食べさせないといけないからね」

「ありがとう」

志津は涙ぐみながら食べた。

水野屋の主は、三人の馬が裏につながれたまま、夜半過ぎになっても侍たちが戻らないので、店の者を馬で中津川の豊田屋に行かせて、追手頭にこのことを知らせ

た。追手頭の矢部は山中探索組に不測の事態が起こったと判断し、急遽、伝令を飛ばして中津川組と恵那峡組を拠点に呼び寄せた。

　男は長い錫杖で戦うのだからと、急遽、山狩り用の竹槍を六本用意した。

　夜明けとともに、全員を集め地図を広げて、

「残念ながら、山に向かった三人は殺《や》られたらしい。あやつは、まだ山中に潜んでいるとみられる。山の双方の登り口から挟み撃ちに山狩りを決行する。井沢殿の組はこの大井の登り口から、佐川殿の組は馬で北の登り口まで行き、そこに馬を繋いで登られたい。地図では北の登り口は川を渡ったこの辺りにあると思われる、この地図を佐川殿に渡す。一本道なのでどちらかの組が二人を見つけられるだろう。見つけ次第、斬殺してよい。藪に隠れていると思われるので竹槍を用意した。各自、竹槍で藪を突きながら探索し慎重に登れ。男は鉄の錫杖をもち棒術を使うから油断するな。あやつを取り逃がさぬよう、即刻、行動に移れ」

　矢部は、佐川に地図を手渡してから、六名に出動を命じた。


　志津は、街道には追手が待ちかまえている、山にいた方がいいと言って、なかなか腰を上げないでいた。だが、清次は、三人の侍たちが朝になっても戻らないこと

から殺られたと察知するだろう。すると再び、探索の手がこの山に向けられると思った。このことを話して志津はようやく納得した。

清次は大井からの追手が来ないうちに、急いで大井と反対側に行こうと志津の手を引いて小屋を出た。志津は歩きながら不安になってきた。

「あちらからは追手が来ないの？」

「多分、大井から来ると思う、追いつかれないように急ごう」

「でも、この道は何処に出られるの？」

「大丈夫だよ。山を下りたら、お寺を探して、今夜はお寺に厄介になろう」

清次は、志津を安心させ、元気づけようと明るく振る舞った。

岩の間から水が湧き出ているところで喉を潤し竹筒に水を入れた。坂は上り下りの連続で、清次はこの先どうなるのかと不安であった。

小半時ほど歩いて見晴らしのよい峠にでたのでひと休みしていると、遠方の川沿いを侍らしい三人が歩いているのが見えた。清次はしばらくその動きを探っていた。この先に登り口があるらしく、三人はこの山に向かってくるような気配で、追手らしいと思った。

細い一本道なので、このまま進めば彼らと出くわすだろう。道の左側は沢で、その崖は、がれていて滑落する危険があるし、右側はかなり急な傾斜の林になっていた。戻るか、それとも崖を下るか、斜面を上って林に隠れるかのいずれかを選ばなければならなかった。戻れば大井から来る追手に遭遇すると思われるし、身重の志津を連れてがれ場を下りることも出来なかった。

笹藪の陰に身を隠して様子を窺っていた。侍たちの姿は樹木に隠れて視界から消えた。だが、間違いなくこの山に登って来ると思われた。

「追手が山を登って来ているようだ。通り過ぎるまで林の中で隠れていよう」

清次は、志津を抱えるようにして、藪をかき分け、木の幹にすがりながら急な斜面を上って、二人は寄り添って大きな木の下に隠れた。

しばらくして、侍たちが長い竹槍で藪を突き刺しながらやって来るのが分かった。だが、竹槍で探られてもここには届かないだろうと思った。

話し声が聞こえた。二人は、緊張しながら耳をそばだてていた。水野屋とか三人の馬といった言葉が耳に入った。まさしく追手の侍だった。清次は、逆の登り口から探索に来るとは想定していなかった。

侍たちが通り過ぎたのを確かめて、しばらくして、道に戻ろうと斜面を下り始めた。志津が浮き石に足を掛けたのか、大きめの岩石が音をたてて転がり落ち、志津も足を滑らせ落ちそうになって、思わず「あっ！」と声をあげた。

清次は、志津の声が追手に悟られなければよいがと思った。用心のため、志津に再び上がって隠れるように小声で言って、聞き耳をたてていた。

「おい！　石の転がる音と同時に、女子《おなご》の声がしたぞ」

列の後ろを、竹槍で藪を突きながら歩いていた侍が叫んだ。

「いや、何も聞こえなかったぞ」

「確かに聞こえた」

「五郎次は女子の声に敏感だからな。あはっはっ」

「馬鹿！　ちゃらかすでねえ！」

「そう言われれば、そんな気がしたな。戻ってもう一度探そう、皆、戻れ」

先頭の組長らしい侍が戻れと命じた。

「無駄だと思うな」

「無駄でもよい、引き返して探そう。戻れ、戻れ！」

三人は再び竹槍で藪を突きながら戻って来た。

「ああ、追手が戻ってきたらしい。さっきの大木のところに隠れよう」

と志津の耳元で言って、手をとって斜面を上り、木の根元に腰を下ろさせて、清次は笈を置いて錫杖を手に道まで下りた。

道に転がり落ちた岩石を抱えて藪の中に静かに置いて隠してから、道を進んで戦いやすい場所を探した。

三人が一緒に竹槍で突いてこられると不利になるので、一人ずつ倒そうと考え、一人しか通れない道幅の狭いところで、錫杖を振るえる場所を探し歩き、志津の隠れている林からかなり離れてしまった。

ようやく、やや平坦で狭い道幅の場所を見つけて、石に腰を下ろして追手を待ち構えていた。

しばらくして、侍たちの声が聞こえてきた。

「なあ五郎次、声が聞こえたのは、どの辺りだ？」

「声だけで場所までは分からねぇ」

「黙って探せ、二人連れで女も雲水姿だからな」

「道には落石なんぞないではないか。女子の声も五郎次の空耳らしいな」

「ごちゃごちゃ言わずについて来い」

「このまま進んだら、山を下るではないか。大井口から上ってくる連中と上で落ち合うことになってるんじゃねえのか」

「馬鹿だな、連中と落ち合うのが目的じゃねえ。二人を捕らえるのが目的だ」

段々話し声がはっきり聞こえるようになってきた。

清次は、なに食わぬ顔で石に腰掛けて待っていた。

「おい、雲水がいるぞ。あそこに」

「ああ、だけど一人だな。女はいねえじゃねえか」

「女をどっかに隠しているかもしれんな」

いろんなことを言いながら、どんどん進んできた。

「おい、雲水！　どこに行かれる」

組長の佐川が偉そうに尋ねた。清次は立ち上がって、

「参禅修行で、一緒に行く大井の寺の僧を訪ねるとこで」

「して、何処から来たのか」

「はい、中津川の寺からで」

「中津川から大井までなら街道があるだろう。何でこんな山道を行くんだ」

「はい、訪ねる寺にはここが近道なんで」

「いまは、お主一人か」

「はあ、一人で登って来ましたが、寺には数人が集まっております」

佐川は、清次の体をなめるように見てから、

「なんていう寺だ」

「はい、長国寺さんで」

清次はとっさに老師の教えてくれた寺の名を告げた。

「ふーん、長国寺か」

佐川は、清次の身体をじろじろ見て、

「お主の衣に泥と落葉がついているし、袖が切れて血が滲んでいるが、どうしたのだ」

「えっ、ああ、先ほど坂で転びまして」

清次は、ちょっと慌てた。

「お主の名を聞きたい」

「はい、瑞雲と申します」

佐川は次第に疑いを深め、しばらく無言で探るように見ていたが、後ろの侍はひと言もしゃべらず、ただ立っていた。

佐川はしばらく清次の顔をじっと睨んで、

「偽りを申すな、きさまは新吉だろ！　ようやく思いだした。雲水になりすまして

いるが、御殿の裏庭を掃除していた下郎だ。二、三度見かけているぞ」

と大声で叫んだ。

「とんでもない、お人違いで。わたしは瑞雲です」

と否定したが、錫杖を握りしめて油断なく立っていた。

「いいや、こやつはまさしく下郎の新吉だ。わしの目に狂いはない！　おい、こいつを殺れ！」

侍たちに命じると同時に、佐川は真っ先に「えいっ！」と竹槍で突いてきた。

清次は、相手の気をよんでいたので、錫杖でその竹槍を払った。
三、四度、竹槍と錫杖でやりあっていたが、道幅が狭いので、後ろの二人は動けずに竹槍を突き出して構えたままでいた。
「殺れ！　殺れっ！」と佐川は叫びながら、清次の胸を目掛けて竹槍をおもいっきり突き出してきた。清次の錫杖は、その竹槍の手元を払い上げた。竹槍は宙を舞って沢に落ちていった。

槍を飛ばされた佐川は刀を抜いて斬りかかった。清次は錫杖でその刀を受けて、切り返して相手の肩を打った。肩を押さえ倒れかかった体を刀で支えたが、もう戦えなくなっていた。続いて錫杖の石突きで相手の胸を突き刺した。佐川は呻いてどっと倒れた。

次に構えていた侍が、佐川の体を踏み越えて「えいっ」と気合いを入れながら竹槍で突いてきたが、腰が入っておらず難なくこの竹槍も飛ばされた。侍はすぐに刀を抜き上段に構えた。二、三度切りかかってきたが錫杖で受けとめて、おもいっきり相手の脚を払うと藪の方に倒れて立てなくなった。三人目は、軟弱で簡単に胴と肩を打たれて倒れた。

清次は、急いで志津のもとに戻って、追手を倒したからすぐにこの場を去ろうと告げ、清次は笈を背負って志津の手を取って注意深く斜面を下りた。

志津は「怖い」とだけ言った。

三人の会話から別の追手が大井口から上って来ることを知ったので、急いで山を下りようと志津を急かした。

道に出てしばらく歩き、先ほど戦った場所にきた。志津は、三人の侍が倒れて苦しそうに呻いているのを見て顔を背《そむ》けた。

「あの者たち、立ち上がって襲ってこない？」

「ああ、錫杖で強打したから骨が砕けているだろう。命は助かるだろうが立てないな。大井口から別の追手が来ると話していたから、彼らが助けてくれるだろう」

清次は、今回は殺さずに済んでよかったと思った。

四半時ほどして、大井口からやってきた探索組が三人の倒れているところを見て驚きの声を上げた。

「佐川殿！　大丈夫か、佐川殿！　しっかりしてくれ」

侍の一人が駆けつけて声をかけた。だが、佐川は気を失ったまま倒れ、微かに呻いていた。

「佐川殿まで倒されたか。奴は、相当な棒術の使い手だな」

「まだ、遠くには行ってないだろう。道は一本だからな。追っていくか」

威勢のいい若侍が竹槍を地面にどんと立てた。

「しかし、この三人を放って置けないだろう。佐川殿は命にかかわる深手だ、すぐに手当してやらなきゃならない」

組長の判断で、それぞれが手負いの三人を背負って大井宿に戻り、水野屋の座敷に寝かせた。

「早速、豊田屋に行って矢部殿に報告し、医者をつれてきてもらいたい」

組長の井沢が命じた。

「はっ、畏まりました」若い侍は馬で駆けて行った。

豊田屋では、追手頭の矢部兵馬が、

「またも探索のものが、下男ごときに倒されるとは……。なんたる様だ」

と驚愕《きょうがく》し、己の責任を問われ、殿の怒りを被《こうむ》って詰め腹を切らされることになりかねないと青くなった。

泰平の世が続き、侍どもは武術の鍛錬を疎かにして、遊興にはしり軟弱になっていたのだった。

「そこで、お主らは、追わずに戻って来たのか。なんとも情けないぞ」

「はぁ、井沢殿が倒れた者を運んで、看護することが先だと申されまして、三人それぞれが背負って水野屋に運んできた次第です」

「で、その三名はどんな状態か」

「錫杖で強打されたらしく、骨が砕けていると思われます。特に、佐川殿は胸を突かれ重体で、早急に医者をお連れしたいのですが」

「大井には医者がおらんのか」

「水野屋の主が大井には骨折を処置する医者がいないというので、井沢殿が中津川の医者を連れて来るように申されまして」

「では、早速に、骨折の処置もできる医者を水野屋に向かわせよう」

矢部は、藩士が負傷しているのに、その処置まで遅れたとあっては、ますます窮地に立たされると思って、至急、医者の手配を命じた。

新天地

追手の執拗な襲撃に、志津は恐怖で不安になっていた。

清次は、何とかして志津の心を和らげ、気力を出させてやりたいと思って話しかけるのだが、ひと言も話さなかった。しかし、昨夜から何も食べずに歩きずくめでは、気力を出すように言っても無理であった。

大井からの連中が、追ってくるような予感がしたので、細いわき道に入った。起伏の多い狭い坂道で、途中で藪漕ぎをしなければならないところがあり、志津が可哀そうに思ったが、危難からのがれるためには頑張らせるしかなかった。

さすがに清次も戦いで疲れた脚を引きずっていた。それでも志津を抱えるようにして歩いていた。しばらくして、やや道幅の広い緩やかな下り坂になり、道に沿って小川が流れていた。

「ようやく、山を下りられたようだね。疲れたから少し休もうか」

「うん」

清次は小川の側の石に志津と並んで掛けた。もう昼過ぎになっていた。お腹の子にも栄養を与えなくてはならないから、さぞ空腹に堪えて山道を歩いてきたのだろうと志津の身を案じ、握り飯でも頬張れれば元気が出て気も晴れるだろうに、早くお寺を探してやりたいと思っていた。

「もう、追手は来ない？」

志津には、まだ追われ殺されるという恐怖があった。

「わき道に下りたから、もう追手には会わないよ、心配しなくていい。そろそろ歩きだそうか」

「うん」

清次は、志津の心に負担を掛けることは、お腹の子にも悪い影響を与えるので、できるだけ明るく振るまい、もう追手は御免だと、無事に寺か集落にたどり着けるよう祈りつつ歩いていた。

しばらく行くと、川の音が聞こえてきた。ほどなく急な下り坂になって、ようやく木曾川の支流と思われる川に出た。もう日が傾きかけていた。

川沿いの小道を下って行くと、向こうから農夫がやってきた。清次は近寄って挨拶し、この辺りにお寺がないかと尋ねた。

「はぁ、雲水さんはお寺に詣でなさるで。この先に長国寺さんがありますだ」

「ああ、長国寺です。どう行けばよいので」

老師が書いてくれた寺だったので、清次はとても勇気づけられた。

「この川沿いに半里ほど下ると二軒の農家がありますで、そこの道を左に曲がると、お寺さんの大きな屋根が見えますだ」

「有り難うございました」

大井宿から山に入り追手との遭遇で山を堂々めぐりして、また、大井の近くに戻ってきたらしい。

杉並木の参道を通って、長国寺の山門をくぐった。互いに塵を払い、見つめ合った。追手から逃れたという安堵感が二人の顔にあらわれていた。志津は竹筒の水で手拭いを濡らして顔を拭き、二人は衣を正してから、本堂に行って案内を請うた。

取次に出た僧侶に智然老師の紹介状を出して、住職にお渡し願いたいと頼んだ。しばらくして、僧侶は寺小姓にすすぎの盥《たらい》をもたせて来て、

「すすぎを終えたら、方丈《ほうじょう》にご案内いたします」

丁重に告げた。

二人は、手足を洗い衣服を整えて、緊張気味に僧侶の後について行った。

住職は、かなりの年齢の柔和《にゅうわ》で気品のある高僧であった。

「恵那郡田瀬村からきました清次と申します。こちらは妻の志津です。突然、参りまして申し訳ありませんが、お世話になります」

「慈照《じしょう》です。ようお出で下さいました。智然老師の書面で事情は分かりました」

書状には、二人は飯田の殿からあらぬ嫌疑を掛けられて追われる身で、雲水姿になって名古屋の知人を訪ねて行く途中なので、一夜の宿をお願いしたいと書かれてあった。

「さぞ、お疲れでしょうな、宿坊にお泊まりください。智然さんとは、昵懇《じっこん》の間柄ですので気兼ねなく何でもお申し出くださいさい」

「有り難うございます」

二人は、同時に頭を下げた。

「恵那山詣での信者の方々のために、寺に隣接して宿坊がありますので、そちらにご案内します。今の時期は、信者の方も参りませんので、ゆっくりしていただけると思います」

「ご配慮いただいて、大変有り難く存じます。私ども苗木で水引をつくる内職をいたしておりまして、お寺さんでは書状を綴じるのに水引を使うと聞きましたので、つたないものですがお持ちしました」

清次は、笈から油紙に包んだ水引を取り出して差し出した。

「それは有り難い。寺では水引が供物《くもつ》掛けや文書綴りに欠かせない品ですから、喜んでいただきましょう」

若い僧侶を呼んで、二人を宿坊に案内させた。

歴史を感じさせる禅寺で、宿坊は寺の裏側に独立した建物になっており、委託された檀家が管理していた。案内役の僧侶が、住み込んで管理している老夫婦を紹介してくれた。

「清次と申します。こちらは妻の志津です。お世話になります」

「与兵衛でございます。今日は、お二人だけなので小部屋にします」

大広間と十畳間と六畳の小部屋があり、そこに案内された。

「お山に行かれたのですな」

「はあ左様で、冬ですからとても恵那山には登れませんが、山麓から拝ませていただきました。ところが、山中で道に迷って炭焼小屋に泊まりまして、昨夜から何も食べていませんで」

「それは、大変でしたな。雪で道が分からなくなりますからな、雪山は危ないですぞ。早速、夕餉の用意をいたします。精進料理ですが、お口に合いますかな」

と厨房に行った。

「お寺に来てほっとしたら、急にお腹がすいたわ」

「そうだろう。昨夜から食べてないんだからな」

「お寺は一番安心ね。失礼するわね、あーあ」

志津は座敷にごろりと横になった。

「今夜はぐっすり寝れるだろう」

「清さんも横になって、とってもいい気分よ」

昨夜の恐怖を忘れたかのように、元来の志津の姿に戻っていた。清次は、志津の切り換えが早く、この明るくやんちゃでさっぱりした性格が好きだった。

しばらくして、与兵衛が夕餉の支度が整ったと呼びにきた。

「十畳間に用意しました。いつもは大勢なので、大広間でお坊様の挨拶のあと食事をとるのですが、挨拶は省くそうで、お二人だけじゃ寂しいから、私共夫婦もご一緒させていただきます」

部屋の中央に四人の膳が並べられていた。

「昨夜から食べとらんでは、お腹が空いたでしょう。沢山めしあがってくだせぇ」

漬物に湯豆腐と根菜の精進料理、それと二人にだけ川魚の塩焼きが添えられていた。

食事を済ませて、部屋に戻ると寝具が用意されていた。しばらくして、

「お風呂が沸いているで、入ってからおやすみなせぇ」

と与兵衛が知らせにきた。

「早めに、お風呂まで沸かしてくれたのね」

「ほんとに有り難いなぁ」

風呂に入って緊張から解き放され、二人は床につくとすぐに寝入った。


寺の朝は早い。山々にこだまする梵鐘の音で目を覚ました。二人はすがすがしい朝を迎えていた。朝餉の後、昼食用に竹の皮に包んだおにぎりが渡された。

「お礼のしるしに、ほんの気持ちだけですが」

清次は、金子《きんす》を包んで与兵衛に差しだした。

「いやー、これはいただけませんで」

「突然に来て、こんなにお世話いただいて、そのまま帰るのでは、わたしどもの気が治まりませんので」

無理に金子を渡し、別れの挨拶をして本堂に回った。

庭を掃いていた若い僧侶に、

「大変お世話になりました。本堂でお焼香させていただいてから、ご住職さまにご挨拶をして帰りたいのですが」と告げた。

「ちょっと、お待ちください」

朝日に輝く木曾連山を背景に、前庭が美しく印象的だった。しばらくして、

「どうぞ、お上がりください。本堂にご案内してから、方丈の方にお連れします」

僧侶の案内で本堂にいき、二人そろって座してご本尊の釈迦如来を仰ぎ、旅の安全を祈願して焼香を終えた。志津は、隣の薬師如来に向かって、再び座してしばらく合掌していた。

「随分長く念じていたね」

「そう、お腹の子が無事に生まれるように、お薬師さまにお願いしてたの。いろいろなことが起こって、お腹の子にも不安な思いをさせたから」

「ああ、そうだね」と清次も、座して合掌した。

若い僧侶は、このほほえましい二人の姿を笑みをうかべて見ていた。

「では、方丈にご案内いたします」

二人は、僧侶に従って方丈に行った。

「お早うございます。大変、お世話になり、ゆっくり休ませていただきました」

慈照老師の前で、二人は心から助けられたと感謝していた。

「それはよかった。名古屋へお立ちですね、今日は暖かな春の陽気になりますよ、とてもよい旅になりますやろ」

「おかげさまでご本尊さまにも旅の無事を祈願させていただきました。あのー、誠に些少《さしょう》ですが」

清次はお布施《ふせ》と記した紙包を出した。

「それは、ご丁寧に、有り難く頂戴いたします」

「ところで、わたしどもは追われている身なので、裏街道を通って行きたいのですが。道をお教え願えないでしょうか」

「そうでしたね、智然老師の書状で承知してます。しかし、山道では難儀することを覚悟しなければなりませんよ。それでは経路を書いて差し上げましょう」

硯箱《すずりばこ》を取り出して、滑らかな筆遣いで大きめの紙に経路を一気に書き上げ、図で説明してくれた。

「ここが木曾の山並みで、恵那山を左に見て山裾を二里半ほど南に行きますと、高い丘陵に岩村城が見えます。この岩村藩の城下町の道を西に折れて小里川《おりがわ》を渡ると峻険な山頂に小里城があります。この近くに興徳寺があり、ここのご住職は私の友人ですから、この寺で休まれるとよい。お疲れだったら寺の宿坊に泊めてもらった方が無難でしょう。ここの裏街道に出て南西に下れば崇禅寺《すうぜんじ》がありますので、ここに寄られてもいいですが、街道を通らずに山道を頑張って歩けるなら、興徳寺から西に向かって多治見に入って永保寺《えいほうじ》まで行かれ、ここの宿坊にお泊まりなさい。永保寺から南に下ると長久手を経て、かなり距離はありますが、比較的良い農道ですので難儀をせずに名古屋に着けましょう」

「ご丁寧に教えていただき、有り難うございました」

大きく書かれた図を、大事にしまい挨拶して別れた。

人通りのない林道にはかなりの積雪があった。清次は、志津が滑って転ばないように後ろについて慎重に歩いていた。

この地域は渓谷が多く、小道に入ると断崖に面した桟道《さんどう》になり、滑り落ちる危険な箇所がある。予想外に時間がかかって、日が傾きかけていた。

小さな城下町の先の小高い山頂に城が見えた、図に示してくれた岩村城だろう。だれも通らない山道だが、陽当たりがよく南側に面しているため雪が少なく、追手の心配をせずに歩けるのが一番気を楽にした。

「お昼過ぎになってしまったね。この辺りで昼飯にしようか」

「そうね。この子もお腹が空いたって」

志津はお腹をさすりながら笑顔で片目をつぶってみせた。

城を仰ぐ岩場で長国寺でいただいた握り飯を開いた。食事を終えてから、志津は清次に寄り掛かって、

「清さん、もう女になってもいいのね。まだ、恐ろしさが残っているけど、長国寺さんでご本尊さまとお薬師さまにお参りしたら気が晴れたわ」

「そうだね。この静かな山ん中には、追手もこないだろうから」

一時《いっとき》でも恐怖から逃れたい心のなせるわざか、春を感じる陽気のせいなのか、志津は甘えて岩陰にさそって、清次の胸にしばらく顔をうずめていた。

「わたしは、清さんだけが頼りなの。これからの幸せを願いたいわ」

「幸せは、二人で築きあげるものだよ。困難に負けずに頑張ろうね」

清次は、本当に愛しい妻だと志津を強く抱きしめた。


絵図に示してくれたように城の横の道を下り、西に曲がって小里川の橋を渡ると、高く峻険な山頂に小振りながら見事な小里城が天を指す如くそそり建っていた。

「疲れたろう。近くに興徳寺があると禅師が教えてくれたし、ご老師さまも示してくれたお寺さんだから立ち寄って休んでいこうか」

清次が志津の身体を気遣って言った。

「そうね。かなり歩いたから、出来れば宿坊に泊めてもらいたいわ」

「じゃ、そうしよう。ここから永保寺までは、結構な道のりがあると思うから」

清次は、志津の身体で強行するのはよくないし、日暮れに突然に永保寺を尋ねて、宿坊に泊めてくれと言うのも常識を疑われると思った。興徳寺の方角を見当つけて歩いて行くと、若い男が野良仕事をしていた。近寄って道を尋ねた。

しばらく農道を歩いて、興徳寺の山門の前に来た。禅宗の古刹《こさつ》らしい構えで風格のある寺であった。寺務所で案内を請い、若い僧侶に老師の紹介状を渡して一夜の宿泊をお願いした。

しばらくして、その僧侶が出てきて、

「お待たせしました。住職がお会いしたいと申しておりますので、まず、裏の井戸の洗い場で手足をお洗いいただきます。終わりましたら、ご案内しますのでここでお待ち願います」と告げていった。

二人は裏の洗い場で旅の汚れを落とし、衣服を整えて待っていた。

僧侶に導かれて奥の御坊に案内された。

「お連れしました」

「どうぞお入り下さい」意外に若い声がした。

「失礼いたします。突然、お伺いして申し訳ございません。私は清次で、こちらは妻の志津と申します。よろしくお願いいたします」

「法俊と申します。よう来られましたな、智然老師の書状を読ませていただきました。恵那の田瀬からでは山道が大変でしたな」

「はい、知らない山道を方角だけを頼りに歩くので、かなり時間がかかり難儀いたしました」

「昨夜はどちらにお泊まりで」

「長国寺さんに泊めていただき、ご住職の慈照禅師にこちら様を教えていただきました」

「そうですか。慈照禅師は私の師で、禅僧としての多くのご教示をいただきました」

「ここらは、禅宗のお寺が多いのですね」

「そうです。この地を治めた土岐《とき》家が代々に亙って禅宗の興隆に尽くされて、多くの禅寺を建立《こんりゅう》されたのです」

「わたしども名古屋に行くのが目的ですが、明日は、永保寺さんの宿坊に泊めてもらおうと考えております」

「それはよろしいですな。永保寺は、土岐氏が開基し夢窓国師が開山した古い大きな禅寺で、各地から禅僧たちが参禅修行に来ており、毎日雲水に出ております。虎《こ》渓《けい》山の山号で庭園が美しいので有名ですから、是非、庭園をめでなさるといい、ご夫婦でよい思い出になりますよ」

五十近くの澄んだ目の中に温和な人柄を感じさせる住職であった。

「わたしども田瀬で、内職に水引をつくっておりましたので、供物掛けや書物を綴じるのにお使いいただければと思いまして、お持ちしました」

清次は、水引の包を志津から受け取って、住職の前に差し出した。

「それは有り難い、喜んで使わせてもらいましょう」

「まずは、本堂でお焼香させていただきます」

「そうですね。本寺には延文二年に源頼幸《よりゆき》公がご寄進された菅原道真《すがわらみちざね》公の木像を安置して寺宝にしてますので、旅の無事と名古屋でのご活躍を祈願して、道真公にもお参りしていきますか」

「是非、拝礼させてください」

志津は、お腹の子が無事生まれ順調に賢い子に育つことを願いたかった。

「それでは、ご案内します」

住職自ら先頭にたって導いてくれるので、二人は恐縮しながら後についた。

ご本尊の釈迦如来に焼香を済ませてから、住職が寺宝の扉を開けてくれた。高さ一尺ほどの木像だが歴史を感じさせる立派な作であった。

志津は、菅原道真公のお姿を拝観してから長いこと祈っていた。

「では、僧侶に宿坊へ案内させましょう」

若い僧侶は、十畳ほどの宿坊に案内してくれた。二人だけのくつろいだ時間をもてて、ここまで無事で来れたことを互いに目で語りかけていた。

翌朝、朝餉を頂き、昼の握り飯を頂戴した。この心尽くしに謝辞を述べて、住職にお布施を渡して興徳寺を辞した。

「寺宝の菅原道真公を拝ませていただき、よかったわ」とお腹をさすった。

この冬の旅、生死に係わる難事に遭遇し、お腹の子を案じているのだろう。

「志津と私の子だから、道真公がお守り下さって賢い子に育つよ」

清次は冬の山道をよく頑張ってくれたと、志津が一層いとおしく思った。

標高がやや低くなったためか、残雪が少なくなった。丘陵のあちこちに雪かと見《み》紛《まご》うばかりの白土の露頭が目につくようになってきた。

「綺麗な土ねぇ、朝日に映えて」

「ああ、ここから多治見にかけて陶磁器づくりの盛んなところでね、あの白い土が良質の磁器を焼く土で、これを使って焼いたのが名産の美濃焼なんだよ。窯元も多く、有名な陶工が沢山出ているんだよ」

清次は、なかなかの博識だった。

「そう、多治見は陶磁器の町なのね」

「あの河原でひと休みしようか」

「いい陽気になったし、景色もいいところね」

追手のことを忘れさせてくれるような、のどかな旅になっていた。

「まだ、昼前だが名古屋まではかなりの距離がある。予定通り永保寺を訪ねて、今夜は永保寺に泊めてもらおうか」

「そうして。お寺さんにお参りするたびに元気をもらえるの。わたしたちを守ってくれているのね。ほんとに有り難いわ」

志津の顔色も良くなり、本来の姿に戻ってきた。


多治見の土岐川を渡って小高い丘陵を登って、丘を越えたところに永保寺の山門があった。二人は、立ち止まって虎渓山永保寺の文字を確認するように見てから、寺務所に向かった。案内を請い智然老師の紹介状を渡して、今夜はこちらにご厄介になりたいと言うと、僧侶は紹介状を持って奥に行った。

間もなく戻ってきて、覚念老師がお会いしたいと申してますのでと、奥に通された。

二人は、自己紹介をしてから、お世話になりますと持参の水引を差しだした。風格のある大柄の覚念老師は、大変喜んで受け取った。

「智然さんは、お達者ですか。彼とは若い頃一緒に修行した仲で、彼はなかなかのご仁でしてな、ああ懐かしいですな。あなた方の身の危難を知って骨を折ってくれたんですか。相変わらずお世話好きのよか人ですわ」

智然老師を懐かしむように笑顔で言った。

「はい、わたしどもを親身になって助けていただきました。このたびも、追われる身を案じてくだされて、雲水となって行くようにと装いの一式を届けてもらい、いろいろとご指示をいただきました。途中でいろいろありましたが、おかげでここまで来ることができました」

「身の安全が第一ですからな。ご無事で来られたのが何よりですわ」

「今夜は、ご厄介になりますが、よろしくお願いします」

清次は丁寧に挨拶し、志津も深く頭を下げた。

「まあ、お疲れのことだろうから、気を楽にしてお泊まりなされ。檀家の法事の方々と同宿ですが、気遣いのいらない連中ですからな」

「はい、その方が楽しく過ごせます」

宿坊は法事の方々と一緒というので、案内の僧が来る前に廊下で堅苦しい雲水の衣を脱いで笈に入れて百姓姿になった。

しばらくして、僧がご案内しますと二人を宿坊に導きながら、

「ちょっと賑やかな連中ですがな」ぽつりと言った。

宿坊は二十畳の大広間で、そこには法事を終えた親戚の人たち八人が集まって食事をしていた。入って来た二人を一斉に見たので、すかさず二人は畳に座して、

「わたしどもも、今夜はこちらにご厄介になりますので、よろしくお願いします」

清次が挨拶した。

「それはよか、若い人は大歓迎どすがな」

「新婚さんだね。美男、美女が来たので花が咲いたようだでなぁ」

酒が入っているらしく、賑やかな歓迎を受けた。

二人が興徳寺で頂いた握り飯を開いていると、四十五、六の小母《おば》さんがお茶とお煮つけを持ってきてくれた。

「どうぞ、召し上がってくだせぇ。どちらに行かれるだぁ」

「古寺詣でをしておりますが、途中名古屋の知人を訪ねようと思ってます」

「わたしどもの中にも名古屋に帰る人がいますでぇ。そん人も今夜は宿坊に泊めてもろうて、明日の朝、出るんじゃと。とってもいい人ですよって、旅の安全のためにも、ご一緒に行かれるとよかですな」

年配の小母さんが愛想よく声をかけてくれた。清次は、木曾の山を越えると、人

もどことなくあか抜けしてくるものだと感じていた。

「よかったら、こっちさ来てくだせぇ。般若湯《はんにゃとう》もありますでぇ、どうぞ、どうぞ」

「有り難うございます。折角、有名な永保寺にまいったので、本堂にお参りしてから、お庭を拝観したいと思います」

清次と志津は、僧侶に言って本堂でお焼香を済ませてから庭に出た。

法俊禅師の言う通りのすばらしい庭園で、眺望が中国の名山の虎渓に似ているところから虎渓山という山号をつけたという。観音堂は心字池に優美な姿を映し、文和元年創建の開山堂は天に向かって翼を広げたような見事な入母屋《いりもや》造り、ともに歴史の重みを感じさせるものであった。

「とってもいい思い出になるわ。落ち着いたら親子三人で来ましょうね」

「そうだね、子どもが四人か五人になるかも知れないよ」

清次は志津の肩をだいて、互いに笑みを交わした。

宿坊に戻ると、法事の面々はかなり盛り上がっていた。

「やあー、お帰んなさい。よかったでしょ、ここのお庭は、うんと有名なんで各地から拝観にきよりますでぇ」

「応仁の乱では、寺が兵火をうけて僧坊までが焼け落ちたのに、観音堂と開山堂は残ったのだそうですね」

「寺は宝やからな。戦《いくさ》はいやどすな、侍どもの身勝手で、貴重な建物から仏像まで全てを灰にしてしまうでな。大損失どす。侍どもは、これらがどれほど価値のある物かを知っとらんとですがな」

しばらくして、寺小姓が風呂が沸いたので、どうぞと伝えに来た。

「ここのは大風呂やから、男衆が一緒に入れるだろうよ。後がつかえるから早く入ったらえーよ。酒がはいっとるで、長湯しちゃいけんよ」

威勢のいい小母さんが取り仕切って言った。

「じゃ皆んなであったまって来るか。旦那！　若旦那ぁー！　行こうかぁ」

清次は若旦那と呼ばれて苦笑いし、せき立てられて別棟にある風呂に行った。五人の男たちが湯につかり、四方山《よもやま》話に花を咲かせていた。

屈託のない人たちばかりで、清次はすっかり打ち解けた気分になっていた。談笑の中にも尾張の領民たちの暮らしと藩政がうかがわれ、さすが御三家の地と感心し、これから住む尾張の国を垣間みる思いで興味深く聞いていた。

宿坊に戻ってくつろいでいると、先ほど戦は嫌だと言っていた四十半ばの男が側に来て、

「鶴吉でごぜえます。わてらの叔母はんから聞き申したが、おたくさんは名古屋に行かれるとな」

「ええ、古寺詣での途中、名古屋の知人を訪ねて行きますので」

「わしも名古屋に帰るんじゃで、旅は道づれといいますからな、明日はご一緒させていただきますで、よろしいかな」

と笑顔で話しかけてきた。

「お願いします。名古屋は初めてなので、お相手が出来て助かります。申し遅れましたが、わたしは清次で、妻は志津と申します」

志津は、女たちに誘われて風呂に行った。清次は、道に迷うこともなく名古屋に行けると、ほっとしていた。

「名古屋のどちらに行かれるので？」

「はい、菊井町の美濃屋さんにまいります」

「ああ、紙問屋の、よく存じあげてますだ。大変な大店《おおだな》ですからな。美濃屋さんは、年々紙の需要が増えてな、ほんに景気のよか店ですだ」

「ここから名古屋までは、どのくらいかかりますか」

「ああ結構な道のりですよって、五時《とき》（約十時間）は覚悟せにゃならんですな」

商人らしく気さくで、実直そうな人柄が滲《にじ》み出ていた。

湯から戻って来た女たちは、心得たように木戸の中から備えてある寝具を出しはじめた。志津も急いで立ち上がって手伝い、二十畳の広間いっぱいに寝具を敷いていた。

「お二人の分はこちらにしますよ。むさくるしい年寄りたちと一緒で悪いのー」

「とんでもありません。こんなに大勢で寝るのは、とても楽しいですわ」

志津は、大勢で賑やかに一夜を過ごせるので、追手の恐怖を忘れさせてくれると喜んでいた。


翌朝、清次と志津は、本堂でお焼香をしてから、寺務所にいた僧侶に覚念老師に会ってお礼を述べたいと申し出て、覚念老師にお布施を渡してきた。

名古屋に帰る鶴吉が、八百津《やおつ》や土岐に帰る連中と別れの挨拶をして二人のところにやってきた。

「そいじゃ、行きましょか」

「ご一緒できて、有り難いですわ。よろしくお願いします」

志津が言った。

「妻はあまり脚が強くありませんので、ご迷惑をお掛けするかも知れませんが、よろしく願います」

「ご新造さん、ああ、お志津さんでしたな。お志津さんの脚に合わせてゆっくり歩いても、日暮れ前には着きますやろ」

なだらかな丘陵地をゆっくり歩いて、定光寺の近くまで辿り着き、渓流に面した丘でひと休みした。桜の名所なのだが、まだつぼみが硬く、川風が冷たく春いまだしの感があった。

「ご新造さん、この辺りは多少起伏がありますが、もう少し行くと楽に歩けるようになりますよってな」

「少し風が冷たいけど、晴れてよかったですわね」

「わしらが永保寺に来るときは、途中で吹雪かれましてな、往生しました。お二人も吹雪に遭われたのでは」

「二日前ですね。そうです、ちょうど、山の中でしたからかなり難儀しました」

追手から逃れて山中をさまよい炭焼き小屋を見つけて泊まった恐怖の一夜、清次は、思い出して背筋の寒くなるのを覚えたが、口には出さなかった。志津もあのときの生死を分ける恐怖の感覚が呼び戻されたのか、顔を曇らせて清次を見て軽く頷いた。

「ここは瀬戸で窯業の盛んなところどす。陶磁器を瀬戸物って言いますやろ、瀬戸は日本一の陶磁器の産地だすからな」

鶴吉は、話し好きで土地ごとの特徴などを案内をしながら、志津の足どりを気づかって歩いてくれた。

「鶴吉さんは、なかなか脚が達者ですね。歩き方を見ると分かりますよ」

清次は、鶴吉の脚の運び方から旅慣れている人だと思った。

「さいですか、職業は隠せませんな。わては、反物の背負い商人をやっとりますで、方々歩き回っておりますやから、脚が元手《もとで》なんですわ。いずれは、名古屋に店を持ちたいと思っとるやがな」

「なるほどねぇ。各地を回っていなさるので知識が豊富なんですのね」

志津は、各地を旅をして見聞を広めているのはうらやましいと感じ、女子も自由に旅のできる時代になってほしいと思った。

瀬戸に入ってからは、道幅が広くなってかなり歩きやすくなった。猿投山《さなげやま》の横の道を西に折れると比較的平坦な道になり、名古屋に近づいてきた景観になった。長久手の丘で寺からもらった握り飯を開いた。

「ここ長久手は、かつての小牧長久手の古戦場でしてな。天正十二年（一五八四）に秀吉軍と、家康、織田信雄《のぶかつ》の連合軍が半年間戦ったのだそうで、農民はえらい迷惑じゃったろうな。今から百二十年も前じゃが、その後も争いはなくなりませんでしたな。侍どもは農民のことなど眼中になく勝手に田畑を荒らし回って、同じ国の人間同士が殺し合うてな。農民も足軽のような雑兵に駆り出されて命ば亡くした者がたんといたそうで。戦の噂を耳にするたび、農民は駆り出される前に田畑や家を捨てて逃げたそうどすな。戦に巻き込まれて命ばなくしてはたまらんですからな。

この地の畑を耕すと、いまだに人骨が出ると聞きますだ。近ごろ、ようやく平穏な世になりもうしたが、この泰平な世が長く続くことを誰もが願いますやろ。もう、武士の世は終わりどすな、これからは商人の世になりますやろ」

「この大地に多くの血が流れたのですね。戦いは絶対にいけませんね、亡くなった人たちの家族まで不幸に陥れるのですからね」

清次は、感慨深げに広大な丘陵を見渡して言うと、側で志津は「そうね。そうね」

としきりに頷いていた。

「近年は、大きな戦いがなくなってよかったけど、武士が権力を笠に着て、過重な年貢を課して領民を苦しめ、好き勝手な振る舞いをしているのは許せないわ」

志津が武家社会への不満をあらわに強い語調で言ったので鶴吉が驚いていた。

「今や、堺や大坂、名古屋の商人たちは大金持ちがたんとおりますやから、商人たちの力は武士を凌ぐものがありますのや。大名たちまで商人に金を借りにきよりますからな。必ず、商人の時代がやってきますぜ」

鶴吉は、清次の顔を見ながら自信ありげに、再度、商人の世を強調して言った。

「わたしも、美濃屋さんで商いを学んで、独立したいと思っているのです」

清次は、将来への夢が膨らんで思わず口から出た。志津は、ちょっと驚いたように清次の顔を見あげた。

「商人の世界は、どんどん進歩してまっせ。もう、各地には幕府や諸藩が公認した株仲間という商人の同業者組合が出来て、商人たちが結束して相互扶助や世直しに動いとるでな。しかし、幕府や諸藩が財政的に困窮して株仲間から冥加金や御用金などを徴収してるのが現状で、まったく、だらしのねえ話で」

鶴吉はなかなかの学者で、これから商家に入る清次には、耳新しいことが多くとても興味深く聴いていた。

　長久手を過ぎると、所々の残雪の間に緑の見える田園が広がり、藁葺きの農家が点在し、生活の息吹が感じられた。

「もう、間もなく名古屋城が見えまっせ。ご新造さんも、よう頑張りやしたな。わしは春日井ですんで、ここでお別れどすな」

「大変、お世話になりました。おかげで大変楽しく旅ができました」

　話し好きの鶴吉との旅で、追われる身であることを忘れさせてくれた。その上、商人としての知恵と如才のなさを学んだのであった。

「有り難うございました。おなごり惜しいですわねぇ。いろいろと勉強になりました。いずれまた、お会いしたいですわね」

　志津も鶴吉が同行してくれたので、無事に名古屋に入れたことを感謝していた。

「では、お達者でな、無事に古寺詣でをなされや。ではさいなら」

　鶴吉は振り返って、もう一度「さいなら」と言い手を振りながら去って行った。

　二人は町の中に入って、往来する人の多さに驚かされ、その人々が活気に満ちていることに圧倒されていた。

「お祭でもしてるみたいね。みんないい着物きてるわ」

志津は、こんな大きな町は初めてで百姓姿で歩くのを恥ずかしそうにしていた。

「あのー、お尋ねしますが、菊井町にはどのように行けばいいのでしょうか」

清次は町人風の男に道を尋ねた。

男はかなりの早口で、手で示しながら教えてくれるのだが、早口の名古屋弁で聞き取りにくく、いろんな町の名が飛び出すので、名古屋に初めて来た者には分からなかった。

「早口だから、何を言ってるのか分からないわ」

「なにか乱暴な言い方だね。鶴吉さんの言葉は名古屋訛りだったけど、とても良く分かったけどね。まあ、とにかく行ってみましょう」

清次は男が指差した方角に志津と並んで歩み出した。

志津は通りの人々から見られるのが気恥ずかしく伏し目がちになって、清次の横に隠れるようにして歩いていた。

大きな店構えの商家があったので、清次は、道を尋ねようと入っていった。

「ちょっとお尋ねしますが、菊井町の美濃屋さんに行きたいのですが。道が不案内なもんですから、お教えいただきたいのですが」と帳場で尋ねた。

「ああ、美濃屋さんどすか。この近くやから案内させますわ」

手代は、丁稚《でっち》を呼んで案内するように言った。
十二、三歳の丁稚が、笈を背負っている百姓姿を珍しそうにじっと見て、
「美濃屋さんに用どすか」と、ぶっきら棒に言った。

一町ほど歩いて行ったところで、少年は大店《おおだな》を指さして、

「美濃屋さんはここどす」

「有り難う。これお駄賃ね」志津は紙に包んだ小銭を渡した。

先ほどの店よりも大きな構えで、まさに大店といった風格が感じられた。

飯田の町では見られない大店なので、汚い百姓姿で入るのを一瞬、躊躇《ためら》った。

二人は店の横で塵を払い丁寧に身繕《みづくろ》いをして、清次は笈から残りの水引三束をまとめて油紙で包み直してから、美濃屋宛ての智然老師の書状を出して、

「この書状には、ご老師のはからいでわたしどもが御殿に上がっていたことや、追手に追われていることは書いてないから、御殿にいたことは絶対に口外しないようにね。宗門人別改帳には恵那郡高山で百姓をしていて知り合い、結婚したことになっているんだよ。このことを忘れないようにね」

自らも確認するように志津に言った。

「そうだね。うっかりすると、折角、人別帳をつくってくれたご老師さまの好意を無にすることになるから大変ね。確かに、このことを肝に銘じておきます」

二人は、衣服を正しておもむろに店に入ると、手代は百姓姿の客にちょっと驚いた様子だが、「いらっしゃいまし」の元気な声に、清次は背筋を伸ばして頭を下げた。

帳場で名乗ってから書状を渡して、若旦那にお会いしたいと申し出た。

手代が奥にいって、しばらくして若旦那が出てきた。

「美濃屋信蔵です。お待ちしておりました」

「お初にお目にかかります。清次と申します。妻の志津です」

清次は緊張気味に、志津を軽く手で示して紹介した。

「志津と申します。父が大変お世話になり、田瀬の家を譲っていただきまして、有り難うございました」

「智然老師からご紹介いただいてから、今日か明日かとお待ちしておりました。いま、すすぎをお持ちしますから、どうぞお掛けなさってください」

丁稚がすすぎと手拭いを持ってきた。二人は帳場の前の上がりかまちに腰掛けて手足を洗った。手代の案内で奥の客間に通された。若旦那と内儀が揃って待ってい

た。一通りの挨拶を交わしてから、

「田瀬からでは、雪の山道でしたから、お疲れになったでしょうな。しかし、お店に入って来られた方が、笈を背負ったお百姓姿なのでびっくりしました」

信蔵は、相好《そうごう》を崩して言った。

「はあ、ご老師さまが女連れの旅では、いろいろと危険な目に出合うかも知れないからと、志津も雲水になって行くようにと、ご指示されて身の回りのもの一式を揃えてくれましたので、百姓着の上に雲水の衣を着てきました。途中で衣は脱ぎましたが、雲水僧の姿になったおかげで無事、こちらに参ることができました」

「そうでしたか、物騒な世ですから、雲水さんにね。ご老師さまは、なかなか世相に長《た》けたお方ですわねぇ」

お内儀の千代が茶を出しながら、透き通るような声で言った。

「雲水になって、お寺さん宛ての老師の紹介状を持参してきましたから、途中でお寺さんに三泊して、ゆっくり旅して来ました。長旅でしたが、大して疲れておりませんので」

実際は、追手を避けて二度も命を失うような思いをして、ようやくたどり着いたのだが、清次はそれを微塵もあらわさなかった。

「宿坊に泊まるのもよい経験になりました。よい人たちとの出会いがあり、とても楽しめましたの」

志津は、清次の後を受けて明るく応えた。

お内儀は都風のあか抜けした綺麗な人だと思った。

「ご老師さまの書状によると、奥さまはおめでたとのことですが、ご予定はいつですか」

「はい、八月中旬の予定になってます」

志津は、微笑みをうかべて言った。

「うちは、五歳の女の子と三歳の男の子がおりますのよ。お産と子育てのことは、遠慮なく聞いて下さいな、先輩ですよってな」

千代には、志津が妹のように思えた。

「私は、義父のところにいる間に、近隣の方に水引づくりを教わりまして、農閑期の手仕事に家族で作っておりました。こちらでも、ご入用だと思いまして、手土産代わりに持ってまいりました」

清次は、油紙に包んだ水引を差し出した。

「ああ、それは大変有り難い。うちでも使うのですが、紙問屋なら水引も置いてるだろうと、お寺や商店から水引の注文がありましてな、飯田の問屋から取り寄せてお渡ししていたんですよ」

若旦那は、水引を手に取って、丹念に見ていた。

「おお、これは立派なものですね」

「お褒めいただいて、恐れ入ります」

「うちでも作れれば、それに越したことはないですな、よいお話を聞かせてもらいました。奥様も作業に加わりなさって？」

若旦那は、早速に商売気が出てきた。

「はい、一家で、作業しておりました」

「左様で。清次さんにご指導いただいて、美濃屋の品として売り出したいものですな。今、大旦那と大女将は湯治に行っておりまして、ながの逗留で、月末には戻って来ますので、大旦那と水引作りのことを相談しましょう」

「有り難うございます。妻もしっかり覚えて器用にこなしてましたので、そうしていただければ、こちらに参った甲斐があります」

商家では、進物用とか、書類や帳簿を綴じるのに水引が必要と思って持って来たものだが、思いがけない方向に発展しそうなので、清次は心を躍らせた。志津は、清次が美濃屋さんに妻と言ってくれたことが嬉しく、明るい顔で聞いていた。

「まず、お部屋に落ちついていただかないといけませんね。ちょうど、離れに二間続きの部屋が空いておりますので、そちらにお入りいただこうと思っておりました。ここには、こぢんまりとしたお勝手も付いてますから、お二人のお食事なら充分作れてますよ。必要な鍋、釜や食器は、沢山ありますから差し上げますよ、遠慮なくおっしゃって下さいね。この離れは、十年ほど前に住み込みで働いていた年配のご夫婦が使ってたんで、部屋はちょっと古いですが掃除してありますから」

「有り難うございます。私たち百姓の出ですから、贅沢は申しませんので」

清次は部屋まで用意してくれていたことに驚き、感謝でいっぱいになった。

「どうぞ、こちらにいらして下さいな。履き物を用意してありますから」

お千代が、二人を離れに案内してくれた。

古い離れとはいえ、提供してくれた部屋は立派な台所がついていて、六畳間が二間続きになっていた。隣も同じつくりの部屋で使用人のためらしいが、いまは商品の倉庫代わりに使われていた。

「とても立派なお部屋ですわ。新しい寝具まで揃えていただいたのですね。お心遣い本当に有り難うございます」

志津は、お内儀の気配りに感心して頭をさげた。

山小屋暮らしをしていた清次は、このような離れは贅沢過ぎると思った。

早速、清次は智然老師宛てに、無事、美濃屋に着き、若旦那とお内儀が喜んで迎えてくれて、立派な離れまで提供してくれたことを書状に書き、ついでのときに、田瀬と蛭川の両方の親にも知らせてほしいと書き添えて、飛脚便で送った。

志津が両親にも知らせたいと言ったが、田瀬や蛭川のような山里に飛脚が入ることは滅多にないのに、追手が飛脚から居所を聞き出す恐れがあるし、すでに、老師への文に、二人の両親にも知らせてくれるように書き添えて送ってあるからといって、諦めさせた。

清次は翌日から、真新しい印ばんてんを着て、とりあえずお店で雑用をこなしながら、紙問屋の仕事を学ぶことになった。商店の仕事は活気がありすべてが珍しく新鮮に見えた。活発な清次には、この商人の世界が性に合っていた。

ひと月ほど経って、志津もこの街に慣れてきた。近くに夕飯の買い物に出たとき、偶然、永保寺から名古屋までの道を同行してくれた鶴吉に会った。鶴吉は、反物を入れた大きな荷を背負って向こうからやってきて、志津を見つけて近づいて声を掛けた。

「おやー、古寺詣でをしていたお志津さんでは？」

「あれ、お懐かしい。また、お会い出来るとは奇遇ですね」

「この近くに、お住まいでっか」

「ええ、古寺詣でを終えてから、主人は美濃屋さんに雇っていただきまして、夫婦で美濃屋に住み込んでおります」

「それは、結構ですな」

「主人も名古屋までの、お世話になった旅の話を懐かしそうにしていますよ。多分、鶴吉さんに会いたいと思いますの、商いが済んだら、美濃屋さんの方にお寄りください。わたしどもは、美濃屋さんの離れにご厄介になってますので、ご遠慮なくどうぞ。お鍋でもつついて、お話ししましょう」

「いやー、それはかたじけない。是非、お伺いしましょう」

「じゃ、今夜お待ちしてますわよ」

志津は家に帰って夫に、鶴吉に偶然出会って、夕餉に呼んだことを話した。

「おお、それは奇遇だったね。反物の商いで名古屋一帯を歩いているからな。夕飯が楽しみだね、話し好きの彼に商売の秘訣《ひけつ》でも聴こう」

「鶴吉さんは、この街にお得意さんがいて、ときどき来るそうよ」

志津は、お千代さんにも、夕方、鶴吉が訪ねてくることを話した。

「永保寺に宿泊したときに知り合って、名古屋までご一緒していただいた鶴吉という方と買い物に出たとき、偶然お会いしましたの。反物の行商をしており話し好きなんで夫の話し相手に夕餉にお呼びしました。お店に訪ねて来ますので宜しくお願いします」

「結構ですわよ。帳場にもそのことを伝えておいてね。お世話になった方だから、うちにあるお酒を差し上げますよ。お浜に持っていかせましょう」

「有り難うございます」

夕方、鶴吉が約束通りに訪ねて来た。丁稚が離れに案内してくれた。

「やあ、鶴吉さん、お待ちしてました。あの節は大変お世話になりました」

清次は、懐かしそうに出迎えた。

「さすが、美濃屋さんですな。こんな立派な離れを提供してくれますのやなぁ」

「そう、美濃屋さんには、とっても感謝してますの。どうぞ奥へ」

志津は用意した席を勧めた。小型の火鉢に掛けた鍋からは、すでに湯気が上がっていた。

「鶴吉さんは、お酒の方はいけますの？」

「好きな方で、多少はいけますで。けど、突然きて申し訳ないでなぁ」

「主人もいける方なんで、お酒が入ると陽気になるんですよ。遠慮なく、どんどん召し上がって下さいな」

「この時期は、鍋が一番ですな」

鶴吉と清次は鍋をつつき酒を酌み交わして、話が商売のことに移った。

「わたしは、これまで百姓をしておりましたが、お店に出て感じたのは、商人は活気があって毎日が生き生きしてることです。商人は実にいいですね」

「商人は、毎日が勝負じゃからな。とにかく、飽きずにやるこってす、商売をあきないと言いやすやろ」

「なるほど、商いは飽きないですか」

側で、志津は笑顔で酌をしながら頷いていた。

「わたしら、毎日を追いかけておりますで、本当に飽きないですわ」

「なるほど、日に追われるのでなく日を追ってるんですな。わたしも、商人の世界に踏み込んだので、鶴吉さんに商いの秘訣をご教示願いたいもんですな」

「いやー、ご教示なんて言われると、こっぱずかしいけんど。わしの心掛けていることを話しますか」

「是非、その心掛けを聞かしてください」

「まず、信用のおける良い品を売る、信用が第一ですよってな。それから扱う商品をよく勉強して、お客さんに商品の良い点を分かりやすく親切に説明してやることですな。それと、お客さんを大事にする、絶対に怒らない、いつも明るく笑顔で親しみを込めて話す、そして客の顔を覚え客の名を知ったら、いつもその名で声をかける。〈清さん、お元気で何よりですなぁ〉てな具合にな。それで、お得意さんになったら、なお一層愛敬よく、お歳を召された方ならその身を案じてやる。わたしは話し好きやで、これも商人としての必要なことですな、ぶすっとして無口な人は商人には向きませんな」

「なるほどなぁ。鶴吉さんは、根っからの商人ですな。商売のコツをきいて、まさに目から鱗《うろこ》が落ち申した」

　清次は、今夜はとてもいい話を聴かせてもらって、百姓から商人にうまく変身できそうな気がしてきた。清次は笑顔で鶴吉の杯に酒を注いでやった。


　月末に大旦那の喜衛門が戻ってきたので、清次夫婦が居間に呼ばれた。

大旦那は、でっぷりとして貫禄があり、清次は、さすが大店を取り仕切るご仁と感じた。

一通りの挨拶のあと、

「なが逗留で、失礼ば致しました。歳をとると、冬の寒さがこたえて腰が痛うなりましてな。春の声を聞くこの時期に湯治にまいりますのや。おかげで、ようなりました」

喜衛門は、留守にしていたことを詫びた。

「離れのお部屋まであけていただきまして有り難うございます。お留守の間、お店のお手伝いをさせていただきまして、とても良い勉強になりました」

「清次さんの生国《しょうごく》はどちらで」

「美濃国恵那郡の蛭川村です」

「おお、恵那峡の近くで景色のいいところですな。ご両親は、お達者で？」

「はい、二親《ふたおや》ともに健在で、蛭川村で百姓をしております」

「それは結構ですな。奥様は八月におめでただそうな。元気な赤ちゃんを生んで下さいよ」

「はい、有り難うございます」

志津が笑みをうかべて、かるく頭をさげた。

「ところで、信蔵から水引のことを聞き、お持ちくださった水引を見せてもらいました。紙の縒りがしっかりしていて、なかなかよう出来ておりますな。とても良い品なので、信蔵はうちでも水引を作って売りたいと言いますでな。わしも良い考えなので実現させたいと考えてます。文書用の紙とそれを綴じる水引は対になるものですから、是非、うちでも水引を作って丈夫な美濃屋の水引として売り出したいものですな」

喜衛門は、隣の信蔵に同意を求めるように言った。

「髪の元結いにも丈夫なものが求められますから、紙の質を吟味すれば、かなり丈夫なものが作れると思います。清次さんに少し研究してもろうて、確かな商品にしたいものです」

信蔵は、大旦那の同意を得て、明るい笑顔で自信に満ちた言い方をした。

喜衛門は、これまでもよいと思ったものは積極的に推し進め、新たな事業展開になると事業意欲が湧いて元気になるので、是非、実現させようと考え、大変良い人が来てくれたと思った。

「有り難うございます。紙質と水糊を変えてみて、もっと丈夫な水引を作ろうと思ってます」

「早速、取りかかってもらいましょう。完成したら、近所のかみさんたちに指導してもろうて内職に作らせれば、かみさんたちも副収入を得て喜ぶでしょうからな」

喜衛門は、目を輝かせ商売気をあらわにして言った。

「試作に必要なものを言ってもらえれば、すぐに取り寄せますから遠慮なく言ってください」

信蔵も大旦那の後押しを得たので、心強く思っていた。

さすがに紙問屋、美濃紙にも紙質や厚さの違ういろんな種類の紙があった。清次は、先日鶴吉の言った「信用のおける良い品を……と、扱う商品について、よく勉強して……」という言葉を思い出しながら、水引に適した紙を選んでいた。

翌日から水引の試作にとりかかった。和綴じはかなり強い力で引っ張るので、この力に耐える丈夫なものが要求されていた。

柔らかくした麻の細い繊維を芯にして紙を縒り、水糊に柿渋を少々混ぜたもので紙の縒りを固くしてみたところ強度がかなり増した。糊の種類と柿渋の量を変えて試作したものを若旦那に見てもらった。

「おお、これは大変よい。強く引っ張っても切れない、これまでの品とは比べものにならないほど丈夫ですな、これを商品にしましょう。ちょっと、待ってください。大旦那にも見せてきますよ」

　信蔵は試作の束を持って奥に行き、しばらくして明るい顔をして戻ってきた。

「大変気にいって、是非、これを商品にしようと言ってくれました」

「それは有り難い。早速、材料を書き出しましょう」

「材料の調達は番頭にさせましょう。量産するには人手がいりますね。以前手伝ってもらった近所のかみさんたちに声を掛けてみましょう。清次さんに、かみさんたちの手ほどきをお願いしますね。お志津さんも指導を手伝って下さいますか」

「有り難うございます。妻は今回の試作にも手伝ってくれてましたから、私と同じようにやれますので、ぜひ、やらせていただきます」

「それは助かった。それじゃ、お二人でかみさんたちを指導してください」

　話は、とんとん拍子に運んで、離れの商品を置いていた隣部屋を片づけて六畳二間続きの仕事場にしてくれた。若旦那の呼びかけで、近所の三人のかみさんが集まり、清次と志津が、三人に二週間ほど毎日手ほどきをして、ようやくものになった。

　三人に紙と麻の細い繊維、柿渋入りの水糊の器を渡し、百本を一束にして自宅で試作してもらって、出来上がったものを持参するように言った。

清次と志津は、離れの仕事場で水引作りに励んでいるので、午後の八つ半（三時）には、女中が菓子とお茶を差し入れてくれた。

数日して、かみさんの一人が試作品の束を持ってきた。

「手がのろいもんで、やっと出来ましただ。見てくだせい」

「初めは、どなたでも早くできませんよ。遅くても結構ですから、縒り斑《むら》のないように注意してください」

信用第一で、初めて出す製品の信用を得るためには、品質管理が大事だと認識していたので、清次は持参してくれた束の、紙の縒り具合を丹念に調べて不良品を抜き取った。いけない点を説明して、むらなく一様に縒るこつを指導し、清次が作ったものと差し替えていた。

翌日、二人のかみさんも届けてくれたので、不良品を見せて同様の注意と指導をした。ひと月もすれば、次第に上達してくれると信じていたので、不良品はあまり気にせず、念入りに検査をして差し替えていた。

便り

水引の仕事を始めて三ヶ月が過ぎ、早くも美濃屋の水引として好評になって、売れ行きがよく極めて順調に伸びていった。内職の人も年輩の男性も含めて十二人になった。

志津のお腹もかなり大きくなり、胎児が盛んに動くようになってきた。

「あっ！　赤ちゃんが背伸びをしている。清さん、ここよ、ほら触ってみて」

志津は、湯上がりに丸く張ったお腹を出して、夫に晒しの腹帯を巻いてもらいながら嬉しそうに言った。

お千代さんに紹介してもらった産婆に、定期的に診てもらっていた。

生み月になって産婆は、

「赤子も正常で、元気に育ってますよ。早産の危険があるから転んだり、重い物を持ったり、高い所に手を上げないようにね。今月の十七日が予定日だから、陣痛がきたらすぐに知らせてくださいい。わたしは、家で待機してますからね」

詳しく注意してくれた。

予定日の数日前から、若女将のお千代の指示で、女中たちが、産室にする部屋を綺麗に整理してくれた。産綱が梁から下げられて、部屋の隅には寝具がたたんであり、布団に敷く油紙までが用意されていた。

八月十六日の早朝、陣痛が始まった。清次は、すぐにお千代に知らせた。千代は、てきぱきと女中に命じて、湯を沸かしたり、盥を用意させていた。志津は、産室に移されて寝かされていた。

「清さん、お産婆さんを呼んで来て」

お千代は、清次を清さんと呼び家族のように扱っていた。

清次は、急いで産婆を連れてきた。産婆から、隣の部屋で待機しているように言われ、隣室にいたが、志津が陣痛の苦しそうな声に、じっとしていられなくて、立ったり座ったりしていた。

「おぎゃあー」という、隣室にも響き渡る産声を聞いて、しばらくして、産婆から呼ばれた。

「玉のような男の子ですよ。ねぇ、坊や、お父さんですよ」

産婆は、産湯から上がって軟らかい布にくるみ、まだ目の開かない赤子を清次に引き合わせた。

清次は、お父さんという言葉にはっとして、

「有り難うございます」

と産婆に言ってから、志津を見た。

「ご苦労さん、大変だったね」

志津にねぎらいの言葉をかけた。

「赤ちゃんの五体はちゃんとしてた？」

志津は、妊娠中に山中を逃げ回り、精神的にも動揺していたことが、胎児にも影響したのではないかと、不安に思っていたのだった。

「ああ、健やかで元気な子だよ」

産婆は、志津にも赤子を見せて、

「あなたの赤ちゃんですよ。ほら、お母さんでちゅ」

落ち着きを取り戻した志津に赤子を対面させた。志津は笑顔で涙を流していた。

出産は明け六つ半で、初産にしては割合に軽い方であった。清次は、母子共に健康であったことが何よりも嬉しかった。

美濃屋では赤飯を炊いて祝ってくれ、大旦那が名付親になって、喜平と命名し、神棚にその墨書が貼られていた。

清次は、早速、智然老師に男子出生を書状にしたため、前回と同じに田瀬と蛭川の親にも知らせてほしいと書き加えて飛脚に頼んだ。数日後、老師と志津の親からも祝いの書状が届いた。

しばらくして清次の親から、

〈伊助さんが来て喜平の誕生と二人の幸せな生活を喜び合い、乾杯しました。可愛い孫の顔を見たいが、まだ見張りが頑張っているので、かなわぬ夢と諦めてますが、ご老師さまと美濃屋さんにはとても感謝しております〉

という飛脚便が届いた。

あっという間に一年半が過ぎ、喜平の成長も順調で、いろいろと言葉を覚えて話すので皆を笑わせ、よちよち歩きも達者になって、すべての動作がとても可愛らしくなった。

お千代は、どちらかというとお志津さんに似ていると言っていた。

　水引は、進物の掛けひもや髪の元結、帳簿・書物の綴じひもとして需要があり、美濃屋の品は大変好評で売れ行きが伸び、内職を二十人にしても注文に応じきれないほどになった。

　清次は家業に精を出すことで追手のことを忘れさせてくれた。

　十二月下旬に、老師から書状が届けられ、

〈この九月に、飯田の殿が老中から大坂加番《かばん》を命じられて大坂に行ってたが、十一月七日に突然、心の臓の病で急死し、直ちに、九歳の長子親庸《ちかのぶ》に家督を相続させ、筆頭家老が藩政を取り仕切って、これまでの乱れきった藩政の改革に着手し、追手も解散したので、今後とも安心して家業に精を出しなされ〉

　と書かれていた。

　清次は、良き妻、良き子、良き仕事を得て、己の人生に明星の輝きを見出していた。


〈完〉

著者プロフィール

武田 祐哉（たけだ ゆうや　本名　武田祐治）

昭和９年７月31日、仙台市生まれ。

昭和32年、東京理科大学理学部物理科卒業後、教職に就き、都立富士高校、上野高校、井草高校、新宿高校に勤務。担当教科は物理。平成12年定年退職。

著作

物理参考書数冊（三省堂、文理、Ｚ会出版）を出版。

『愛犬ジョニーよ、強く生きて』（小説）文芸社、2008年

側室の恋

2017年11月15日　初版第１刷発行

著　者　武田 祐哉

発行者　瓜谷 綱延

発行所　株式会社文芸社

〒160-0022 東京都新宿区新宿１－10－１

電話 03-5369-3060（代表）

03-5369-2299（販売）

印刷所　株式会社暁印刷

ISBN978-4-286-18829-4